人身御供
ご隠居は福の神 13
JN116123
井川香四郎
時代小説
二見時代小説文庫

目次

人身御供（ひとみごくう）——ご隠居は福の神13

人身御供——ご隠居は福の神13・主な登場人物

高山和馬……自身の窮乏は顧みず他人の手助けをしてしまう、お人好しの貧乏旗本。

吉右衛門……ひょんなことから和馬の用人のようになった、なんでもこなす謎だらけの老人。

お蘭……怪しげな壺を売っていた女香具師。

本多飛騨守…権力の座への返り咲きを画策する元老中。

綾姫……徳川譜代の駿河一色藩藩主、一色駿河守元成の娘。

藪坂甚内……深川診療所の医師。儒学と医術の知識をもち「医は仁術」を実践している。

千晶……藪坂の診療所で働き、産婆と骨接ぎを担当。和馬に思いを寄せる娘。

古味覚三郎…北町の定町廻り同心。袖の下を平気で受け取るなど芳しくない評判が多い。

熊公……古味の配下の元相撲取りの岡っ引。和馬や吉右衛門とは顔馴染み。

素通りの幹太…どこにでも忍び込める伝説の鍵師。

お光……ヤクザ者に絡まれているところを吉右衛門に助けられた娘。

八五郎……お光の父。納豆屋『六文屋』の主。

権吉……吉右衛門の将棋敵の老人。

安右衛門……日本橋の普請請負問屋『田安屋』の主人。

早苗……料理屋の仲居だったが、安右衛門の後妻となった若い娘。

第一話　人身御供

一

櫓の上で祭太鼓が打ち鳴らされている。その音に誘われるように、着飾った善男善女が往来している富岡八幡宮の参道の両側には、出店が並び、客寄せの声も威勢があった。

その中に、ご隠居こと吉右衛門と高山和馬の姿もあった。

「和馬様……いつ見ても、祭とはいいものでございますなあ」

吉右衛門が目を細めて、平穏そうな人々の顔を眺めると、和馬も頷いて、

「うむ。ひととき、この世の中の憂さを忘れられるからな」

「これまた年寄りじみた言い草ですな。和馬様には憂さなどございませんでしょ。毎

日、小普請勤めの上に、貧しき人々のために私財を擲ってまで、面倒を見ているのですからな」

「だからこそ、辛い日々を癒やしたいのだ」

「そんな辛いことがあるのですか」

「おい、吉右衛門。それはないだろう。こう見えても、本当は繊細で壊れやすい心の持ち主なんだ。おまえも知ってるだろうに」

拗ねるように言う和馬と、それを笑う吉右衛門は、旗本とその奉公人というより、親子に見える。もっとも、吉右衛門は深川界隈ではすでに、〝花咲爺さん〟とか〝福の神〟と呼ばれるほど、高山家のご隠居として知られている。

「気苦労はお互い様。今日は祭をとことん楽しみましょう」

吉右衛門がさらに笑ったとき、威勢の良い女の声が割り込んできた。

「さあさあ、買った買った！　これを買っておかないと、末代まで悔いを残しちまうよ。さあ、寄ってらっしゃい、見てらっしゃい！」

桔梗模様の粗末な着物を纏っているが、はち切れそうな若さと美貌の女香具師が、茣蓙に並べた壺を前に、派手な口上を並べ立てている。壺という壺はどう見ても、安物で怪しげであった。

「ほう、女の香具師とは珍しや」

気になった吉右衛門が女香具師の方に近づいていくと、和馬の表情が微かに曇った。

だが、吉右衛門はそれに気づかず、怪しげな壺を並べた莫蓙の前に立って、女の滑らかな口上を聞いていた。

「一見、何処にでもある壺だ。だが、お立ち会い。心眼を見開いて、じいっと見てごらん。平凡な外見の裏に秘められた霊力が、じわあっと見えてくるから只事じゃない！」

集まっている客たちは、女香具師の真剣味のある表情と軽妙な口調が相まって、まさに心眼で集中している。

「見えてきたかい？　それもそのはず。これこそ、初代唐九郎の手になる青磁の壺だよ、お立ち会い！」

と朗々と声を上げたところで、

「唐九郎なら私も持っておるが、それはどう見ても紛い物だな」

吉右衛門は思わず言ってしまった。だが、女香具師は気分を害するどころか、ニコリと笑いかけて、

「冗談は顔だけにして下さいな、ご老体。あなたこそガラクタを握らされたのではあ

りませんか。だったら、あなたは運がいい。滅多に手に入らない名器が、たったの一分と二朱でどうだい、ご老体」

と壺を手に取って、吉右衛門に差し出した。

「ふむ。やはり二束三文て奴だな。だが、割れてもいいように、玄関に飾っておくには丁度よいかもしれぬな。ハハハ」

「笑ってないで、買って下さいな」

「いくら何でも一分二朱は高すぎる。そうだな……五十文なら出そう」

「おやおや。爺さん、耄碌(もうろく)して目が悪くなったんじゃありませんか。目ン玉をひんむいて、よく見てみて下さいな。値打ちが分からないなら、そちらの若旦那は如何です。ねえ、若いお武家の……」

と言いながら、少し離れた所にいる和馬に声をかけかけた女香具師の目が、「アッ」と見開いたままになった。

「た、高山様……高山和馬様ではありませんか。ねえ、そうですよね、若旦那」

啖呵売(たんかばい)を途中でやめて、すぐに和馬の方に駆け寄って、俯き加減の顔を覗き込んだ。

「あ、やっぱり和馬様だ。みーつけた！」

まるで隠れん坊でもしていたかのように、女香具師ははしゃいで、和馬に抱きつい

た。そして、懐かしそうに頬ずりしながら、

「私だよ、お蘭だよ。覚えてるでしょ」

と甘えた声になった。

俄に子供みたいになって蘭と名乗った女香具師を、客たちも笑いながら見ていた。

これもひとつの見世物かと勘違いした者もいたようだが、和馬はこの辺りでは〝貧民救済〟をしている貧乏旗本だと知られているから、

――昔、世話になった女のひとり。

くらいに思ったのかもしれない。それにしても、馴れ馴れしいので、傍目には只ならぬ関係に見えたに違いない。

「ねえ、和馬様。元気そうで何より」

「あ、ああ……誰だっけな」

「あら、つれないわねえ。私がテキヤ稼業をしてるから驚いてるの？　まさか、こんな所で会うとは思わなかった。これも富岡八幡宮の神様のお導きね。この辺りに住んでるの、和馬様は」

「え、ああ……まあ……」

「あれから五年か……私もちょっとはいいお姐さんになったでしょ。ほら、乳も少し

は膨らんだしね。和馬様はなんだか年取った？　相変わらず苦労してるのね」

客たちは呆れ顔で、売り場から離れていったが、壺を持たされたままの吉右衛門は、

「和馬様、この娘さんは……？」

と訊いた。

「ああ……このお蘭とは、ええと……」

和馬が口ごもると、お蘭はニコニコと笑いながら、

「悪いことを一緒にした相棒」

「お、おい……」

困惑する和馬に、今度は、お蘭の方が尋ねた。

「このご老体は誰？」

「ああ、うちのたったひとりの中間(ちゅうげん)だ……いや、用人(ようにん)みたいなものでな、なんでも世話をしてくれているのだ」

「そうだったの。これは失礼しました」

素直に謝るお蘭に、吉右衛門も微笑(ほほえ)みを返しながら、

「久しぶりに会ったのなら、積もる話もあるでしょう。場所を変えてはどうかな」

「あら、気の利く奉公人だこと。でも、そうしようか、和馬様……片付けるから、手

伝って、さあさあ」

お蘭が半ば無理矢理、和馬の手を引くと、仕方なく竹籠に壺を入れ始めるが、その手を滑らせて落として割ってしまった。

「あ……ああ！」

和馬は青ざめて謝るが、

「気にしない、気にしない。どうせ、二束三文のガラクタだから。えへ。奉公人のご老体は、なかなかの目利きね」

とお蘭は屈託のない笑い声を上げた。

——妙な女だな。

吉右衛門は苦笑しながら、何か曰くありげな和馬の様子を窺っていた。

表参道の馴染みの茶店に入った三人は、まるで親子のように店の一角に陣取った。

朝から何も食べてないというお蘭は、実に美味そうに大福を頬張り、何杯も茶のお代わりをしている。壺を入れた背負い紐のついた竹籠は、自分の側に大切そうに置いてある。

「よく食べるなあ、お蘭。小娘の頃も大食いだったが、それにしても、何日も食べてないような食いっぷりだな」

　和馬が言うと、やはり屈託ない言い草で、お蘭は笑った。

「当たり！　お腹と背中がくっつきそうなんだ」

「どうしてだい」

「この商売は雨が降ると上がったりでね。昨日まで三日の雨続きだったじゃないか。残った銭は、このガラクタの仕入れにはたいちまったしさ……売れなきゃ飢え死にだよ。和馬様はやっぱり救いの神だ」

「今日は俺の奢(おご)りだ。好きなだけ食えばいい」

「え、今日だけ？　でも、ありがとう」

　素直そうなお蘭を見ていて、吉右衛門は自分も奢ると付け加え、

「それはそうと和馬様……ふたりには如何なる関わりが？　傍目には長年会ってなかった兄妹にも見えますが」

「兄妹ねえ……あれから、もう五年、いや六年になるか……」

　和馬は遠い目になって、

「吉右衛門がうちに現れる大分、前のことだが、知ってのとおり貧乏旗本も底をついておってな。後は乞食(こじき)か盗人(ぬすっと)になるしかないくらい、困窮していた」

　と思い出話のように語り始めた。

二

それは——千住宿（せんじゅしゅく）でのことだった。和馬は小普請組ではあったが、自分も普請場で働いて、日当を貰う暮らしをしていた。

不景気ではあったが、宿場町はそれなりに賑わっており、行商人らが茶店に座って、握り飯などを食べていた。和馬は腹が減っていたが手持ちがなく、それこそ握り飯を盗みたいほどの思いだった。

そのとき、行商人が脇に置いた握り飯に、白い手がスーッと伸びてきた。

和馬が目を留めた瞬間、その手は握り飯を掴み、ダッと走り出した。襤褸着（ぼろぎ）をまとった、まだ十二、三の小娘だった。これが、お蘭であるが、咄嗟（とっさ）に、和馬は追いかけた。

『こら、待てえ！』

必死に逃げるお蘭は、宿場外れの小さな神社の奥に隠れたが、和馬は見抜いていて、追い詰めた。すると、お蘭は握り飯を咥（くわ）えたまま、まるで猿（さる）のように木に登った。それを見上げていた和馬は思わず、

『こら。たとえ腹が減っていても、他人様のものに手を出してはならぬ。それは泥棒というのだ、こら』

と声を荒らげたが、お蘭の方は、

『あはは……ここまでおいで、甘酒進上！』

とからかい、これみよがしにパクリと握り飯にかぶりつき、一口で飲み込んだ。

『おい、こら！』

『何を息巻いてるんだい、お兄さん。握り飯一個くらいで、泥棒扱いはないだろ。さっきの行商人はどうせ余って捨ててるよ』

『そういう問題ではない。おまえは人として……』

と言いかけた和馬の腹が、グウウウとかなり大きな音を鳴らした。それを聞いた樹上のお蘭は、くすりと笑って、

『あはは。もしかして、お兄さんも握り飯を狙ってたのかい』

『ば、馬鹿を言うな……俺は……』

グウウウとまた腹の虫が暴れている。和馬はたまらず地面に座り込むと、お蘭は大笑いしながら、ひらりと飛び降りた。そして、背負っていた風呂敷から、竹の皮包みを出すと、別の握り飯を出して、和馬に差し出した。

『――おまえ、これも……』

『まあね。もっと金持ちそうだった人の荷物から戴きました。さあ、どうぞ』

『……』

『お兄さん、お侍のようだけど、武士は食わねど高楊枝ってやつなの？　無理するのは体に悪いよ。さあ』

　お蘭が差し出した握り飯に、和馬は思わず手を伸ばして、夢中でかぶりついた。その様子を微笑ましい顔で見ながら、

『盗んだものを食べても、盗人だからね。私の仲間になったってことね、うふふ』

と言った。

　案外と可愛らしい笑顔の小娘である。和馬は少し腹が落ち着いたのか、

『おまえ……良いところがあるんだな……ありがとうよ』

『ね。いくら格好付けても、腹が本当に減ったときだけは、自分勝手になるんだよ。なのに説教垂れる奴は、本物の飢えってものを知らないだけ。お兄さんは、少しは空腹の苦しみを知ってるようだね、あはは』

　和馬は妙な娘だと顔を見ていたが、可笑しくなって一緒に笑った。

『お兄さん、今夜、泊まる所あるのかい？』

『いや、普請場にそのまま……おい、おまえはまさか、そんな商売してるんじゃないだろうな』

『そんな商売って？　日が暮れたら寒くなるから、さあ行こう。あ、私の名はお蘭……字は難しくて書けない、あはは。でも、蘭学者の娘だからってさ』

『蘭学者……』

『冗談だと思うよ。さ、行こう』

お蘭は本当の兄のようにしがみついて、宿場外れからさらに外れにある、小さな掘っ立て小屋のような家に案内した。

立て付けの悪い戸を開けて入ってみると、部屋には誰もいない。隙間風も忍び込んでくるような狭い部屋だった。

『親兄弟はいないのか』

『そこにね……』

奥の棚に、ポツンと位牌がある。

『おっ母さんの……もう一年も前に流行病（はやりやまい）で死んじゃってさ。ひとりぼっちなんだ』

『そうか……おまえも苦労してんだな。俺も二親（ふたおや）はもういなくてな……』

『相身互いってやつね。でも、泊めてあげるからには、しっかり働いてもらうよ』

『働く……？』

『そりゃそうでしょ。楽しみだなあ』

お蘭はやはり屈託のない笑みを振りまくのだった。

なんとなく気が合ったふたりだが、和馬としては、お蘭という娘がまだ子供なのに、盗みを繰り返していることが危なっかしくて、まさしく兄という感じで見守っていた。

公儀普請に足を運びながらも、和馬はお蘭が盗みに入るような真似だけはさせまいと見張っていた。

ある日、お蘭は手にした石を次々と、ある大店（おおだな）の店の中に投げ込んだ。たちまち障子が破れ、襖に穴が空いた。

頭から湯気を立てた主人が飛び出してきて、

『こらあ！　何をするんだ！』

と追いかけた隙に、職人ふうの若い男がやってきて、

『ええ、張り替え屋でございます。襖や障子など、張り替えの御用はありませんか』

『おう、丁度よかった。ひとつ頼まれてもらおう』

『へい。ありがとうございます』

拝み手して、職人ふうは店の中に入り、破れた障子にすぐに糊を塗ったりしながら、

調子よく作業を始める。だが、その職人ふうは仕事をするふりをして、室内や店内を物色しながら、

『本当に立派なお店で、結構なお住まいでございますねえ。石を投げるなんて、なんという悪戯なガキがいたもんでしょう』

などと言いながら、開けた小物入れには数枚の小判がある。迷うことなく懐に入れて、勝手口から出ようとした。

そのとき、職人ふうの前に立ちはだかったのは──和馬だった。

『返しな。十両盗めば首が飛ぶ。五両なら敲で済むと思うな。首と胴体は切り放さないが、死罪になることは同じだ』

『えっ……』

『さあ、どうする』

張り替え屋の真似事をしていたのも、盗人で、お蘭の仲間だった。こいつもまだ十五、六歳で、同様の盗人仲間は数人いるという。お蘭と似たような境遇の子供ばかりだ。

──やはり物乞いか盗人をするしかない。

子供たちが集まって生きているのである。和馬はその者たちを集めて、男の子は普

請場で働かせて日当を与え、女の子には商家への奉公の世話をした。そのどちらもできない子は、江戸に連れて帰り、自分の屋敷で面倒を見た。

いわば、和馬の〝貧民救済〟精神はその頃から始まっていたということだ。

お蘭は、そんな和馬のことを心から好きになり、

『私、絶対、和馬様のお嫁さんになる』

と言い出した。

まだ十二歳の小娘だから、和馬は相手にしないが、江戸まで和馬についていくと言い出した。それでも和馬としては少々厄介に感じたので、きちんと近くの茶店に奉公させてやった。後は店の女将に任せたいと考えていた。

そんなある日、お蘭と一緒に千住宿の家に帰ると、立派な商人ふうの男が待っていた。

『お蘭ちゃんだね……大きくなって、お母さんにそっくりになってきたね……会ったのはまだ二つくらいだから、私のことは覚えてないのは仕方がないが、お縞の弟の徳兵衛だよ』

と言って、眩しそうにお蘭を見た。

お縞というのは母親の名前で、徳次という叔父がいることも聞かされていた。小田

原城下で呉服問屋を営んでおり、徳兵衛と名乗っていると言ってから、

『まさか、姉が亡くなったとは知らなかったけれど、文を書いても返事がないので、変だなと思っていたのです。風の噂に聞いて、江戸まで商いのことで出てきたものですから、訪ねてみたのです』

徳兵衛は心配そうに位牌にも手を合わせて、

『姉も元々は小田原の出……旅の蘭学者とやらと駆け落ち同然に江戸に……でも、その男の素性は結局分からず仕舞いで、女手ひとつで娘を育ててた……』

と事情を話し続けた。

『私も長年奉公した先から暖簾分けされ、なんとか店を出せたので、小田原に帰ってこいと報せていたのですが……こんなことになっているのなら、もっと早く迎えにくるのだった。ごめんよ、お蘭ちゃん』

涙ながらに話して、一緒に小田原に行こうと誘う徳兵衛だが、お蘭はなんとなく気が向かなかった。

『私ね、この高山和馬様のお嫁さんになるんだよ。そう決めてるんだ』

『えっ……それは本当ですか』

徳兵衛は改めて、和馬の身分などを訊いて、一応は納得したものの、

『そのような御方がいるならば、無理にとは言いませんが、まだかような子供ですよ。高山様は本当に……？』

と訝しんだ。

和馬は誤魔化すように手を振って、

『まさか……ただ身寄りがないのであれば、なんとか面倒を見るつもりではいたが、俺は所詮、貧乏旗本。こんな立派な叔父さんがいるなら、その方が幸せだ』

と言った。

だが、肝心のお蘭が和馬に抱きつくようにして離れない。それでも和馬は、お蘭の先々の幸せを勘案して、

『今は、叔父さんに従うがよい。おまえが年頃になれば、それこそ嫁にしてもよい』

『本当に？』

『ああ。だが、小田原に行けば安泰に暮らせて、俺のことなど、すぐに忘れる』

『ううん。そんなことない』

『お蘭……幸せになるのだぞ、本当に』

和馬が励ますと、叔父の熱心な願いもあって、翌日には、お蘭は手を引かれて小田原に向かったのだった。

何度も『さようなら』と手を振るお蘭の姿が、和馬の目に焼き付いている。

そこまで話を聞いた吉右衛門は——なるほどと頷いて、

「和馬様はその頃から、人助けばかりをしていたのですな。ほんに奇特な御仁だ」

と改めて感銘を受けた。

「だから、お蘭……おまえはてっきり呉服屋の娘として、何不自由なく暮らしているとばかり思っていた。なのに、どうして、こんな商売をやっているのだ」

和馬が不思議に思って訊くと、お蘭は打って変わって悲しそうに目を伏せ、

「騙されたんだよ。あの男は、おっ母さんの叔父でもなんでもなく、ただの人買い」

「えっ……！」

「長屋や近所で、おっ母さんのことを聞き込んで、端から私を女衒に売り飛ばすつもりだったんだよ」

「なんだって……」

「でも、小田原城下まで連れていかれたから、てっきり信じてたんだ。危ないところで逃げ出して、ずっと宿無しの風来坊を続けてるってわけ。でも、世の中には良い人もいて、こうしてテキヤの真似事ができてる」

と言いながらも、お蘭はまだ大福を食べている。

「でもって、和馬様を探して幾年月……江戸の何処に住んでるかも知らないしさ、それこそ本当に高山和馬って名前かどうかも分からないしね。騙すような人には見えなかったけれど……ここで会ったが百年目」

「それは仇討ちに使う言葉だ」

和馬はそう言ってから、

「御免な、お蘭……俺が徳兵衛とやらの本性を見抜けなかったばっかりに……少なくとも俺が見届けに小田原まで行くんだった」

と深々と頭を下げて謝った。

「あはは。和馬様のせいじゃないよ。こうして元気に生きてるし……ご馳走様。私、この後は、他の祭にも行かなきゃならないから、また縁があったらね」

サバサバとした感じで、お蘭は立ち上がろうとしたが、和馬は止めた。

「お蘭……しばらく、うちに泊まれ。部屋は沢山、空いてる」

「えっ……」

「テキヤの真似事はいいが、インチキ商売はよくない。おまえがやれる仕事は、俺がいくらでも世話をする。だよな、吉右衛門」

「で、ございますな。その方が宜しいと存じます。それに……」

吉右衛門は格子窓の外を見やって、和馬に小声で、

「妙な輩が、お蘭のことを見ているようですし、うちで預かりましょう」

「え、なあに？」

お蘭が訊き返したが、吉右衛門はニコリと微笑みかけ、

「今の年なら、和馬様のお嫁さんになっても宜しいのではありませぬかな」

「ええっ⁉　和馬様、まだおひとりなのですか」

「あ、まあな……吉右衛門、余計なことを言うなよ」

「とにかく、うちに参りましょう」

そう言って、吉右衛門はまた格子窓の外を見た。

そこには——身分の高そうな羽織袴姿の侍が立っていた。吉右衛門や和馬を見張っているのか、それとも狙いはお蘭なのか分からない。だが、吉右衛門は用心めいた目つきになって、様子を窺っていた。

三

駿河一色藩の藩邸は、神田川を見下ろせる駿河台の一角にあった。この界隈は徳川

家康が入封した折、駿河から来た譜代の旗本が住むために作られた場所である。

　その一室では、藩主の一色駿河守元成が両手をついて、深々と頭を下げていた。その前に悠然と座っているのは、本多飛騨守——元老中である。

　末席には、本多の腹心である側用人・馬場兵庫亮が控えている。

「本多様……此度のお骨折りの数々、この一色元成、終生お忘れ致しませぬ」

　必要以上に頭を下げる一色を、馬場は冷ややかな目で見守っているが、本多自身は微笑みを湛えながら、

「お手を上げられよ、一色殿。それがしはただ、香取家と一色家の間を取り持っただけのこと。ただの橋渡しでござる。しかも、一色家といえば、徳川譜代の大名でありますれば、我が本多家としても誇りに存ずる」

「ますますもって、有り難いお言葉」

　一色は頭を下げたまま続けて、

「本多様のお口添えがなければ、わずか二万石の娘が、老中首座、しかも伊勢十万石の香取大和守様の御嫡男と見合いができるなど、思うてもみませんでした。まさしく恐悦至極でございます」

　と懸命に礼を述べた。

本多は軽く頷いてから、目の前に置かれている袱紗を、馬場に引き取らせ、

「――それで、見合いの段取りだが……」

と話そうとしたとき、「失礼致します」と声があって襖が開き、一色家のまだ若い家臣・沢井右近が顔を出した。わずかだが切迫した表情である。

「殿……」

と膝を進めて一色の側に擦り寄ると、沢井は何やら囁いた。とたん、一色も青ざめて、

「な、なんと……！」

その様子があまりに異常なので、本多も驚いた顔になり、

「一色殿、如何なされた」

「はい。我が娘の具合が急に悪くなったとかで……」

「それは大変なことだ」

「いえ、ご懸念するほどではございますまい……元々、体が弱く……あ、さようなことは香取様にはどうか……暫時失礼致します。すぐに戻って参りますれば」

慌てた様子で出ていく一色を、馬場は訝しげな目で見やった。

「何事でしょうや」

「ま、大したことはあるまい」

「ならばよいのですが……それにしても殿……何故、ここまで一色様に肩入れなされるのか、私にはとんと見当が付きませぬ」

「ふふふ。いずれ、その方にも分かる。この見合いが、儂(わし)の幕閣への返り咲きの架け橋となるのじゃ」

「えっ……」

「儂が老中を辞してから、幕政はどうなった。グズばかりが残って、決めることも決められぬ。香取様とて同じ……」

「…………」

「見ておれよ、馬場。儂は必ず蘇(よみがえ)り、儂を追い落とした連中がどのような顔をするか……けだし見物(みもの)よのう」

本多は野心に満ちた顔になったが、一方、娘の寝間に来た一色の表情は、ひとり娘を心配する父親の顔になっていた。

寝床に横たわっている綾姫(あやひめ)は、今にも息が止まりそうに苦しんでいる。

すでに藩医である良順(りょうじゅん)が治療を施しているが、一色は不安げに覗き込んで、拝むような仕草となった。

「良順、綾姫の病状はどうなのだ。見るからに辛そうだが」

「おそらく……肺腑が炎症を起こしているものと思われます。直ちに、お命に関わることはないかと存じますが、ここ当分は絶対の安静が必要かと……無理は禁物です」

「そんな……」

「肺腑の炎症したところは火傷（やけど）と同じで、二度と蘇ることはありませんから、吸う息も少なくなります。当分、これまでと同じように動き廻ることはできませぬ」

「当分とは、どのくらいじゃ」

「少なくとも一月（ひとつき）か二月（ふたつき）は……」

　と良順が答えると、一色は思わず声を強めて、

「なんと！　それは困る。三日後に娘は、大事な見合いの席に臨まなければならぬのだ。これを逸したら、我が藩の存亡が……！」

「それは無理というものです」

　良順はハッキリと言って、首を横に振りながら、

「綾姫様は元々、蒲柳（ほりゅう）の質（しつ）、これ以上の無理をなされては、お命に関わりましょう」

「なんとか、ならぬのかッ」

「なりませぬ……それに、このお体で嫁がれたとしても、大名家の嫁として仕えるの

は難しいかと思われます」

「余計なことを言うでないッ」

「――申し訳ございません。しかし、綾姫様のお体が……」

「もうよい。とにかく、少しでも早く良くなるよう尽力致せ。よいな」

一色は苛立ちを抑えながら、元の座敷に戻ると、待たせていた本多の前に、先程よりも深々と頭を下げた。廊下には、沢井も心配そうに控えている。

「本多様……何とか、見合いの日取りを延ばしていただくわけには参りませんでしょうか。娘の容態が思わしくなく……」

「それはできぬ。すでに決まった日取りを覆すとなると、儂の立場にも関わる」

「そこをなんとか……」

「さようなことを先方に伝えれば、逆に見合いを断ってくるであろう。さような病弱な嫁は貰えぬ、とな」

「――そ、そんな……」

絶望に落ち込む一色を見やる本多の目つきも、俄に冷ややかになり、

「すべての段取りがお釈迦になってしまう……香取様には一応、相談してみるが……おぬしは儂の顔を潰したことにもなる。ま、病ならば致し方がない。せいぜい養生に

励まれるがよい」

と突き放すように言って、立ち上がろうとしたとき、

「お待ち下され。ひとつ、ご相談がありますれば」

と廊下から、沢井が声をかけた。

「失礼を承知で、言上（ごんじょう）致したきことがございます。どうか、どうか」

「何を言い出すのだ、沢井ッ」

一色は慌てて制しようとしたが、沢井の聡明そうな顔つきを、本多は気に入ったのか、ゆっくりと座り直すと、「申してみよ」と言った。沢井はもう一度、深々と頭を下げてから、

「見合いの席に、身代わりを出し、その場を凌いでは如何でしょうか」

「なに。身代わり、とな……」

本多は真顔で沢井を見つめたが、一色はおどおどしながらも、

「どういうことだ、沢井。つまらぬことを申すと……」

「実は、それがし……」

沢井は一色を制するかのように、声を強めて膝を進めた。

「かようなこともあろうかと、前々から、綾姫様と似た娘を探しておりました。良順

が言うとおり、まさに蒲柳の質ですので、いつ何時、病に臥すやもしれませぬ。ましてや、かような立派な縁談がありますれば、ますますもって私は心配しておりました」

「ほう……一色殿、なかなかの家臣がおるではないか」

本多は沢井の話に食らいつくように、

「さような似た娘がおるならば、儂の立場も救われるというものだが……それほど似ておるのか」

「はい。何人か目星をつけておりましたが、つい先日、富岡八幡宮にて壺売りをしていた女香具師が、瓜二つなのです。双子の姉妹といっても誰もが信じるくらい似ております」

「ほう、双子の姉妹のう……案外、それは急場を凌ぐには妙案やもしれぬな」

沢井の話に、本多は渡りに船とばかりに乗ろうとしたが、一色は不安な顔で、

「顔はそっくりでも、言葉遣いや身のこなしは違いましょう。それに、女だてらに香具師などと、さような者に……」

「構わぬ。黙って座らせておけばよい」

「しかし……」

「見合いは昼に、香取様の菩提寺である高輪の龍雲寺にて行われるが、部屋を少し暗くして、一切、喋らせないことにする。そもそも見合いの席は、婿になる男も嫁になる女も無言が慣例。仲人役の者の差配によって執り行われ、後日、縁起物を結納するだけだ」

「ですが……」

一色の不安は払拭されない。万が一、相手にバレれば、切腹ものである。

「このまま破談になれば、それこそ一色家が潰れるのではないか。ほんのわずかな間、見破られなければ済む話。その後、本復した綾姫が改めて挨拶をすればよい」

本多の方は乗り気である。

「で……その娘は何処におる」

「手の者を張り付けておりましたので、居場所を確かめておるはずです」

沢井が返事をすると、本多はますます乗り気になり、

「ならば早々に手を打て。必要ならば、儂も手を貸す」

と力強く煽るのであった。

四

本所菊川町の高山家は、今日も近所のかみさん連中がやってきて、炊き出しを行っている。腹を空かせた子供たちが集まって、所狭しと庭中を走り廻っていた。かつて枯山水の庭があったとは思えないほど、荒れ放題である。

とても武家屋敷とは思えぬ様子に、お蘭はびっくりした顔で見廻していた。

「へえ……びっくりした……これが和馬様のお屋敷だったんですねえ……みんな生き生きとしている……」

「でございましょ。和馬様のこういうところが好きで、私も奉公したのです」

「吉右衛門さんはみんなから親しみをこめて、〝ご隠居さん〟て呼ばれてるんですね。私もそう呼んでいいですか」

「はは。隠居の身ではなく、和馬様に扱き使われておりますがね」

楽しそうに吉右衛門も笑うと、縁側から眺めていた和馬はバツが悪そうに、

「適当なことを言うな。嫌なら、いつ出ていってもいいぞ」

「さいですか。では、失礼致します」

すぐに吉右衛門は襷を外すと、スタスタと表門の方に向かった。慌てて、お蘭が追いかけようとするのを、和馬が止めた。

「ほっとけ。いつものことだ。年寄りのくせに辛抱ができないのだ」

「本当にいいんですか」

「ほら。みんなも知らん顔してるだろ。何が癪に障ったのか……もしかしたら、お蘭、おまえがここに来て手伝いをするとなれば、自分はお払い箱になると拗ねてるのかもな」

「でも、お誘い下さったのは、ご隠居さんですよ」

「とにかく、香具師なんて辞めて、しばらくうちで過ごせばいい」

和馬が言ったとき、吉右衛門と入れ違いに、千晶がやってきた。

思わず座り直した和馬は、なんとなく厄介事が起こる気がして、奥に向かおうとした。すると、千晶の方から、

「どうしたのですか、和馬様。ご隠居さん、挨拶をしても知らん顔して出ていきましたけど、また喧嘩でもしました？」

と声をかけた。その目がお蘭に移り、

「誰……？」

「初めまして、お蘭といいます。和馬様には昔、大変、お世話になりまして、この度、お屋敷で過ごすことになりました」

「昔、世話に……」

「はい。お嫁にしてくれる約束だったのですが、ようやく晴れて……」

「お嫁に……！」

「はい。宜しくお願い致します」

屈託のない笑顔で、千晶に挨拶をしている間に、和馬は奥の部屋に姿を消していた。

「お綺麗な御方……でも、お医者様か何かですか」

千晶が薬箱を手にしていたから、お蘭はそう察したのだが、子供たちがすぐに集まってきて、「千晶さん、飴頂戴」「私にも」「おらには砂糖菓子くれ」などと大騒ぎになった。

取り囲まれた千晶はいつものことで、迷惑がるどころか楽しそうに、子供たちに甘い物を与えながら、〝堅固〟の様子を見ていた。〝堅固〟とは健康のことである。薬箱の中には、当然、本当の薬もあって、何かあれば処方することになっている。

「あなたは、千晶さんというのですね。みんなに慕われてて、素晴らしいことです」

お蘭が言うと、傍らにいた子供のひとりが、

「千晶さんは、深川診療所の藪坂甚内先生の弟子で、産婆さんや骨接ぎをしてるんだよ。でもって、和馬さんのことが大好きなんだよね。でも、ふられてるんだよね」

と、からかうように言った。

「こら。余計なことばかり！　草むしりとかして、少しは手伝いなさい！」

とっさに千晶が声を上げると、

「そんなだから、和馬さんが逃げちゃうんだよ。あっかんべえ！」

と子供は走り去った。もちろん、ふざけているのだが、千晶はなぜかむかっ腹が立って、お蘭に顔を近づけた。

「お蘭さんとやら。あなた、いくつ」

「十八です」

「だったら、まだ若過ぎる。和馬様はちゃんとした大人が好きだから、諦めた方がよいと思いますよ」

ムキになっている千晶に、お蘭は穏やかに微笑み返して、

「大丈夫です。私、本気じゃありませんから。お嫁さんなんて……だって旗本の御曹司とじゃ釣り合いませんしね」

「えっ……」

「あなたは医術で他人様の役に立つお仕事をしてるけど、私は女だてらに、ただの香具師ですから。あ、香具師だって立派な仕事だって、親方に言われてますから誇りを持ってますよ。和馬様とは偶然、再会したので、ちょっと立ち寄っただけ。ごめんなさいね、変なこと言っちゃって」

「──あ、私、別にそういうつもりじゃ……和馬さんとはなんでもありませんから、どうぞ、いてやって下さい」

逆に、千晶の方が気を遣ったが、お蘭は初対面なのに、姉にでも話すように、

「お父っつぁんの顔を見たこともないし、おっ母さんは死んでしまったし……丁度、そんな時、和馬様が助けて下さった」

「悪いことを聞いてしまったわね……でも、お蘭さん、他人様の幸せを恨んではいけないよ。どんなに幸せそうに見えても、何処かにひとつくらい辛い影を引きずっているからさ」

「辛い影……？」

「この私だって、人には分からない辛い思いを一杯、抱えてるんですよ」

千晶の顔にふっと過る暗い影を見たような気がして、お蘭は目を細めた。千晶は愛想笑いで手を振りながら、

「あはは。冗談ですよ。ほんと、和馬様って女心が分からないから、ちょいと面倒見てあげて下さいね」

と言った。お蘭も微笑み返したが、

――ここは自分のいる場所ではないかもしれない。

という思いも過っていた。

その日は、お蘭も近所の人々に混じって、子供や宿無しの人たちの面倒を見ていた。人に親切にするのは、こんなに大変なことなのかと思い知らされるほどだった。


夕暮れになって――。

ぶらりと表に出たお蘭は、大横川沿いを歩いて、辺りの風景を眺めていた。この数年、旅から旅をしてきた思いが過る。辛い日も楽しい日もあったが、自分の運命だと生きてきた。

だが、和馬と再会して、相変わらず貧乏ながら困っている人々を助けていると知って、心洗われる思いにもなった。本心では、和馬の側で、江戸深川の人々と暮らしたいとも感じた。しかし、千晶という長い間、共に〝貧民救済〟をしてきた人が側にいるのを垣間見て、再会したときの喜びとは違って、心が揺らめいていた。

「娘さん……ちょっといいですかな」

　ふいに背後から声をかけられて、お蘭が振り返ると、そこには沢井が立っていた。お蘭の目には、和馬とは違った感じの凜とした若侍に見えた。

「女香具師のお蘭さんですよね」

「え、あ、はい……」

　どうして自分のことを知っているのか、お蘭は不思議で仕方がなかった。

「拙者、駿河一色藩藩士の沢井右近という者。折り入って頼みがあって参りました」

　駿河一色藩という藩名は、旅暮らしのお蘭は聞いたことがあった。むろん、どういう藩かまでは知らない。

「そんな偉いお大名の方が頼みだなんて……私はただの……」

「違います。ともかく、拙者と一緒に来てくれませぬか。あなたにとっても、重大なお話なのでございます」

　ふだんから、ぞんざいに扱われていたお蘭には、目の前の武士の態度が丁寧すぎて、気色悪かった。だが、沢井はあくまでも丁寧に接して、なんとか藩邸まで連れていこうとした。

「足が疲れるでしょうから、そこから……」

大横川の船着き場から、小名木川を通って隅田川を渡り、神田川を経て駿河台に向かうと沢井に話された。だが、お蘭は虫の知らせにざわついて、素直に従わなかった。

「我が藩の存亡に関わることなので、殿が会いたがっております。どうしても嫌だと言うのなら……申し訳ありませんが、無理にでもお連れせねばなりませぬ。乱暴な手は使いたくありませぬ」

その言い方に余計、嫌な予感がしたお蘭が踵を返そうとすると、背後からいきなり手拭いで口を塞がれた。

その手拭いには眠り薬でも含まれていたのか、お蘭はすぐに体がだらんと頽れてしまった。すると、近くの路地から、三人ばかり中間ふうの男たちが出てきて、お蘭を抱きかかえて、船着き場の川船まで運んで乗せた。

中間ふうたちが手際よい動きで、すぐに船を漕ぎ出すのを、通りかかった岡っ引の熊公が何気なく見ていた。

「──あれは女香具師の……やはりご隠居が言っていたとおり……」

只事ではないと思って、考える間もなく、熊公は川沿いの道を尾け始めた。だが、川船は意外にも早く、どんどん離れていき、やがて逢魔が時の宵闇に包まれていった。

五

お蘭がハッと目を覚ましたのは、翌朝の光を浴びてからだった。柔らかい陽光が、障子越しに射している。

まだ何となく瞼（まぶた）が重いが、キョトンとなって辺りを見廻して跳ね起きた。お蘭の目に飛び込んできたのは、何処かは分からないが、厳（おごそ）かな大名屋敷のような所だ。しかも豪華な夜具の中で、豪華な寝間着を身に着けている。

「な、なに……何が起こったの⁉」

昨日、沢井と名乗る若い武士に声をかけられたことを思い出した。怪しんだ瞬間、口を塞がれたから覚えていないが、

――駿河一色藩。

と言っていたことは覚えていた。

「てことは、ここは……」

ハッとなって、とにかく逃げようと思ったとき、スッと一方の襖が開いて、沢井が入ってきた。その顔を見て、お蘭は思わず身構えたが、沢井は穏やかな顔で、

「乱暴なことをして、本当に申し訳ないことを致しました。でも、どうしても連れてこなければならなかったのです」

「ここは何処。あんたは……」

「昨日申したとおり、ここは駿河一色藩の江戸上屋敷でございます……お蘭様。あなたにお願いがございまする」

沢井はその場に座り、両手をついた。

「お蘭様あ……？　な、なんだよ、気味悪い。人を勝手に攫(さら)ってきておいて、ふざけるのも大概におしよ！」

お蘭が伝法な口調で声を荒らげると、沢井は静かにするように言って、

「危害は加えません。こちらに、おいで下さいませ」

と誘ってきたのは、綾姫の寝所であった。

そこで眠っている綾姫の姿を見せられて、お蘭はビクッとなった。

「その御方の顔を、篤(とく)とご覧下さい」

「――なんだよ」

「目を瞑(つむ)っておいでですが、如何です、鏡を見ているようだとは思いませぬか……一色藩の姫君、綾姫様にございます」

「姫君……」

しげしげと綾姫の寝顔を見たお蘭は、首を竦めて、

「た、たしかに……そっくり、かも……」

「当然でございます。きちんと説明致しますが、どうか驚きませぬように」

あくまでも沢井は丁重に話すと、元の部屋に戻り、上座にお蘭を座らせた。今し方見たばかりの自分と生き写しの綾姫の顔を、お蘭は呆然と思い浮かべていた。

「――お姫様と私が、どうしてあんなに……」

「似ているか……でも、それは道理。綾姫様とあなた様は、まこと血が繋がっている姉妹だからでございます」

「姉妹……そんな馬鹿な。だって私のおっ母さんは……」

自分の身の上を話そうとするのを、沢井は止めて、

「あなた様の父上は、当藩の藩主、一色駿河守元成様なのです」

「そんな馬鹿な……」

「あなたの母上は、実は殿の〝囲い女〟でした。だからこそ、綾姫様とあなた様とはかくもそっくりなのです」

「でも、私のお父っつぁんは、蘭学者で、おっ母さんとは駆け落ちしたと……」

「そうなのですか?」

沢井は一瞬、戸惑ったが平然と、

「きっと世を憚(はばか)るために、蘭学者のふりをしていたのかもしれませぬ。私が一色家に仕官する前のことですから、詳しくは存じ上げませぬが、何かの手違いで、あなたの母上とは離ればなれになっていたのです。ですから、私は、殿から、もうひとりの我が娘を探してくれと命じられていたのです」

「そんな……知らなかった……」

唖然とするお蘭の顔からは、もうお転婆(てんば)な雰囲気は消えている。

「そこで、お蘭様……」

「あの……そう呼ばれるのは気持ちが悪いんだけど」

「ですが、姫様であることに変わりがございませんので……実は、当藩は今、未曾有の危機に直面しております。縁者……いえ、藩主の娘であるあなた様に、それを救っていただきたいのでございます」

沢井は真剣な眼差しで、お蘭を見据えながら、老中首座の香取大和守との縁談の話をし、急遽、身代わりが必要になった事態を伝えた。そして、見合いの席に綾姫として臨むことを嘆願した。

「わ、私がお姫様に……⁉　む、無茶だよ、そんな……たとえ血の繋がりがあったとしても、そっくりな姉妹だとしても、育ちが違いすぎる……よけい破談になる」

「大丈夫です。成算があるからこそ、お頼みしております。わずか一刻……いえ、半刻だけ、黙って俯いていて下さるだけで、我が一色藩は救われるのです」

「む、無理だよ……そもそも、こっちは立ち商売が長いんだ。座るのは大の苦手なんだ。御免被りたいです」

「でも、それでは一色藩は御家断絶となり、あなたのお父上は切腹、姉上も嫁にいけなくなります。どうか、身内のことだと思って、助けてやって下さいませぬか」

懸命に頼む沢井の表情は若侍らしく、純真な顔だった。お蘭はどうしてよいか分からないまま、戸惑っていた。

「むろん、お蘭様には、これからも一色藩の姫君として、綾姫様の妹君として、ここで暮らしてもらいます。そして、いずれあなた様に相応しい大名に嫁がせます」

「えっ……そんなこと言われても……」

「お願いでございます。このとおりでございます」

両手をついて頭を下げる沢井を見て、お蘭は混乱気味になって、

「参っちゃったなあ……何の因果で、こんなハメに……」

と言ったとき、奥の襖が開いて、一色が入ってきた。そして、お蘭の顔をまじまじと見つめて、涙ぐむ仕草で、

「その因果を作ったのは、この儂じゃ……おまえたち母娘には人に言えぬ苦労をかけてしまった……お蘭……この愚かな父を許しておくれ……我が娘よ……」

と、お蘭をひしと抱きしめた。

一瞬、情に流されそうになったが、叔父と名乗ってきた男に騙された過去もある。お蘭は素直に信じることができず、

「事情は分かりました……でも、このことを相談したい人がいます……小普請組の旗本、高山和馬様です。私が兄と慕っている人です。いいえ、お嫁さんにだってなりたいくらい信頼している御方です」

「嫁に……」

「はい。ですから、和馬様だけには……」

「相分かった。善処しよう。そんなに高山殿とやらにご執心ならば、一色家から嫁に出すことにしてもよい。いや、そうすべきであろう。我が娘よ……これからは、何不自由なく幸せに暮らしてもらう。だから……此度の綾姫のことに手を貸してくれぬか」

父上と名乗られた殿様から、ここまで懇願されては、断る術もなかった。直ちに、和馬とも連絡を取ると約束をしてくれたし、お蘭は、和馬の好きな〝人助け〟だと思って、手を貸す覚悟を決めるのだった。

六

高山家では、お蘭がいなくなったということで、ちょっとした騒動になっていた。近所の者たちは、散策していたお蘭の姿を何気なく見ていたが、特に不審な様子はなかったという。和馬の古い知り合いとのことで、これからも高山家で手伝いでもするのかなと、おかみさん連中も思っていた。あっけらかんとして屈託のない娘だから、誰からも好かれると太鼓判を押していた。

和馬に一言の挨拶もなく、出ていくとは考えられない。しかも、ガラクタとはいえ、売り物の壺の入った竹籠も置いたままだ。

——何か事件に巻き込まれたのではないか。

と和馬は俄に不安になってきた。もちろん、富岡八幡宮の参道や、お蘭の香具師仲間たちにも訊いて廻ったが、

「高山の若旦那が連れて帰ったんじゃないんですかい？」

と逆に不審がられるくらいだった。

心配しているところへ――北町奉行所の定町廻り同心・古味覚三郎と熊公がやってきた。ふたりとも何か事件を嗅ぎつけたような顔つきをしている。

「何処へ行ったか分からないんだってな……お蘭とかいう女香具師」

古味はいつものように嫌みな笑みを浮かべながら、袖を風に揺らしていた。金をくれたら教えるぞという合図である。

「近場の者も誰ひとり、お蘭が立ち去るところを見かけていない。はは、まるで消えたみたいにな。ところが……」

勿体付けてから、古味は熊公の肩をポンと叩いた。

「こいつが見ていたのだ。そして、尾けていったが、相手は船だから追い損ねた。でも、あちこちに岡っ引仲間はいるから、すぐに分かったぜ」

「そうなのか」

「眠り薬を嗅がされて運ばれたのだから、見る奴が見れば怪しいってことだ」

「何処に行ったのだ」

「それは、ほら……貧乏人に全財産くれてやる高山様ですから、私にもほら……」

古味が袖を振ると、仕方がないという顔で和馬は財布を取り出した。

その時、表門の方から来た吉右衛門が、

「相変わらず、小汚いことをしておりますなあ。十手が穢れてしまいますよ」

と声をかけた。

「なんだと。おい、こちとら探索とは関わりないことを親切に……」

「関わりあるかもしれませんよ。いつぞや永代橋の下で浮かんだ浪人者の死と繋がりがある……かどうかは知りませぬが、和馬様。お蘭の行き先ならば、私が調べておきました」

「えっ。本当か」

和馬は身を乗り出して、心の底から案じているのか、声が震えていた。

「ど、何処だ……そ、そこは……」

「駿河一色藩の江戸藩邸です。理由までは分かりませんが、そこに連れ込まれました」

「なに、どうして、そんな所に……」

「ですから、その理由はこれから調べてみます。私が見たところ、お蘭の身に直ちに危難が及ぶ様子はなかったので、何か深い訳がありそうですな」

「どうして、そう思う……」

「実は、この屋敷に来てから、しばらくして、何者かが、お蘭の様子を窺っている節があったのです。私は素知らぬ顔で様子を窺っておりました」

吉右衛門が言うと、和馬は手を叩いて、

「もしかして、また怒ったふりをして出ていったのは、そのためか……」

「ハッキリと気づいたのは、屋敷に来てからですが、壺を売っていた時から、お蘭をじっと見ている者が何人かいたのです。その中のひとりは、身分のありそうな若侍でしたが、他は……忍びのようでした」

「忍び……おいおい、吉右衛門……おまえ、またぞろ、話を盛ってないか？」

真剣に耳を傾けて損をしたとばかりに、和馬は鼻を鳴らしたが、

「その忍びは恐らく、雑賀黒門党の一味だと思われます」

「雑賀黒門党……あの徳川譜代の駿河一色藩の精鋭で、上様の護衛であるお庭番、根来衆とは昔から反目し合っているという……」

「さすがは目付役もこなしていた旗本の和馬様、よくご存じで」

「そやつらが、お蘭を連れていったというのか」

「はい。そうでございます」

「一色藩か……さして力もない、わずか二万石の小藩ながら、イザとなったら何をするか分からぬ強者揃いの……しかし、なぜ、お蘭がそんな藩に……」

身を震わせるほどの和馬に、ニンマリと笑いかけた吉右衛門は、

「ここのところは、私めに探りを入れさせてくれますかな。若君と縁のあるお蘭を、このまま見捨てるわけにも参りませぬのでな」

「こういうときに若君と言うな」

「では、後はよしなに……」

吉右衛門は古味に軽く頭を下げると、「おい」と熊公に声をかけた。すぐに熊公は「へいッ」と返事をして、後を追った。

「なんだ、こら。おまえ、なんで、ご隠居なんかに……」

「実は、ご隠居に、お蘭を見ている奴らのことを調べろと命じられていたんで……旦那も別件を探索した方が宜しいかと」

「おい。おまえ、誰から手札を貰ってると思ってるんだ」

古味は声を荒らげたが、熊公はのそのそと吉右衛門に付いていった。古味は歯痒そうに地面を踏み鳴らして、

「高山様……一色藩とか雑賀黒門党とか、一体、何の話です……」

「俺も詳しくは分からん。でもな、吉右衛門がそう言ってるのだから、何か裏があるのだろう。あいつのことは、未だに俺もよく分からん。分からんから、腹も立たぬ」

「――ずっと、そう言ってろ」

十手をブンと振り廻すと、古味は「小遣いにもならなかった」と腹を立てながら、そそくさと屋敷から立ち去るのだった。


その後すぐ――一色藩の表門に、天秤棒を担いだ魚屋姿の熊公が、ドスドスと重い体を揺すりながらやってきた。

「へい、お待ちどおさまでやす！　魚徳でございやす！」

熊公が通用門を叩くと、覗き窓だけが開いて門番が顔を見せた。

「何用だ」

「ご注文の鯛をお届けに参りました。へえ、三尺近い大鯛でございます」

「鯛だと……そんなことは聞いておらぬ」

「旦那。いいんですかい？　お殿様直々の注文でございますよ。お姫様がお嫁にいかれるんでしょ。めでたい、めでたいっと」

「おまえ、どうして、その話を……」

「だから、お殿様直々に……ああ、グズグズしてると腐っちまう。腐っても鯛だから、ここに置いておきましょうか」

地面に置く振りをする熊公に、

「待て、待て」

と慌てて門番が潜り戸を開けた。熊公は遠慮なく屋敷内に入り、番人が止めようとするのを無視して、石畳の上を玄関の方へズカズカと向かった。

すると、いかつい藩士が近づいてきて、

「なんだ、貴様は」

「へえ、お殿様に鯛をお届けに参りました」

言いながら枝折戸の向こうに、チラッと目を走らせる。そこの東屋に見えるのは、お蘭の姿で、周囲は藩士たちによって厳重に警戒されている。

「！……やはり大名のお嫁入りとなると、かくも凄い護衛なんですねえ」

まじまじと眺めていると、藩士は偉そうな態度で、

「余計なことを言うな。鯛は竹籠ごとそこに置いて、早々に立ち去れ」

「あ、はい……これは失礼をば」

熊公は大きな体を屈めるようにして、屋敷から出ていった。

その近くには、吉右衛門が待っていて、熊公に中の様子を訊いたが、充分には見ることができなかったという。だが、東屋には、お蘭がいて、家臣たちが、歩く様子とか話す仕草などを丁寧に教えていたと伝えた。

「なるほど……なんとなく分かってきたような気がしますな。熊公にはご苦労をかけるが、お蘭に何か起こったら、すぐに助けられるよう、なんとか張り付いていて下さい」

「ご隠居様は……」

「何処で何が行われるか、いま一度、香取家に探りを入れてみますかな」

「香取家……なんです、それは……もしかして、あの老中首座の……」

「まあ、そういうことじゃ。ふほほ」

意味深長な言い方で、吉右衛門は立ち去ったが、

「いつものことながら、どうもよく分からないなあ、ご隠居は……」

と熊公は首を傾げた。

七

高輪龍雲寺は古刹だけあって、鬱蒼とした木立に囲まれて荘厳であった。

山門は櫓があるほど立派で、その前に塗り駕籠（かご）の行列が来た。一色家の〝水葵（みずあおい）〟の家紋の扉が、徳川家と特別な関わりのある家柄だと物語っている。

そんな様子を——近くの木陰から、和馬と吉右衛門が見ていると、山門の中に入った駕籠が停まった。その扉の前に、中間が草履（ぞうり）を揃えて置いた。

扉が開けられ、駕籠の中からゆっくりと降り立ったのは、美しく着飾って打掛を羽織った姫君姿のお蘭だった。

「あっ……！」

和馬の目がまさしく点になった。思わず声を上げそうになったくらい、まったく別人のように美しい姫様だった。見違える美貌に頭がくらくらした。叫びそうになる口を、吉右衛門が慌てて押さえた。

「ペッ……なんだ、おまえの手は変な臭いがするぞ」

「先程、石ころと間違えて、犬の糞（ふん）を摑みまして。きちんと拭いたのですがなあ」

「な、なんだよ、こんな時に……ペッペッ」

そんなことをしていると、駕籠から降りて履き物を履いていたお蘭が、何気なく和馬たちの方を見た。家来たちはみな一様に、頭を垂れているので、お蘭の視線には気づかない。

――和馬様……！

心の中で名前を唱えて、軽く手を振った。思わず何か言いたそうに唇が動いたが、周りを見て慌てて口を噤み、ただニコリと微笑んで本堂の方へ向かった。

「見たか、吉右衛門……今のはたしかに、お蘭だよな」

「でなければ手を振ったりしないでしょう」

「だよな……」

「しかし、そうなるとお蘭は、一色藩ゆかりの姫君ということか……いや、一色藩には綾姫というれっきとした姫君がいるはず」

「ええっ。ということは、お蘭は本当は綾姫……そんなはずはない。だって、数年前は千住宿で盗人の真似事を……」

「まあ、落ち着きなさいませ。熊公の話だと、何やら仕草などの稽古をさせられていた様子……ということは身代わりとか影武者とか。いよいよ奇っ怪になってきましたな」

「なにを嬉しそうに笑っているのだ」

「笑っておりませぬ。こういう顔なのです」

「いいから。乗り込むぞ」

はやる気持ちの和馬を制して、吉右衛門は真顔で言った。

「案じなさいますな。すでに熊公が寺男に扮して忍び込んでおりますれば」

そして、一方を見やって、

「ご覧下さい……もうひとつ立派な武家駕籠が参りましたぞ。綾姫の見合い相手でございましょう。駕籠の家紋は違い鷹の羽。まさしく、香取大和守のお身内でございましょうな。入るのを見届けて、私たちもそろりそろりと参りましょうか」

と吉右衛門は何か企みがあってのことか、静かに頷くのだった。

その本堂では——。

綾姫に扮したお蘭が待っているところに、香取家の駕籠から降りた見合い相手、香取信一郎が入ってきた。

「なんだ、薄暗いのう……」

信一郎はぞんざいな言い草で、下座に座っているお蘭をチラッと見た。岩石のような面構えで、態度もふてぶてしい。とても伊勢十万石の跡継ぎで、老中首座の息子とは思えない態度である。

「…………」

お蘭は黙って俯いていたが、ドタドタ床を踏み鳴らして歩く信一郎の所作を見て、

——あの稽古はなんだったのだ……。

とすら思った。

信一郎は「もそっと蠟燭を増やせ」と言いながら、いきなりお蘭の前にしゃがみ込むと、扇子の先で顎を押し上げた。思わず「あっ」と小さな声を上げたお蘭だが、それが意外にもか弱い娘に見えたのか、

「ほう……なかなかの器量好しではないか。あの駿河守の娘とは思えぬ。母上がよほどの美人であったのかのう」

と嫌らしい目つきで言った。

そのまましばらく値踏みするように見ていた信一郎だが、お蘭は小刻みに震えながら、じっと堪えていた。

同席している仲人役の本多飛騨守や側用人の馬場兵庫亮、そして一色駿河守の家臣・沢井右近も緊張して見ていた。今にもお蘭が素性を露わにするのではないかと案

じていたからだ。

だが、信一郎は疑いもなく綾姫だと思い、

「歳はいくつだ」

と訊いた。

年齢を尋ねられるとは思わなかったので、お蘭は黙っていると、本多が答えた。

「二十歳になったばかりでございます。信一郎様は二十五と伺っておりますれば、丁度よい年格好でございまするな」

「何が丁度よいのだ」

信一郎はまるで言いがかりでもつけるかのように、本多を振り返った。

「お似合いの夫婦になれるかと存じまして」

「俺のこの獣のような顔と、かような器量好しが似合い、とな」

信一郎は本多の方に近づきながら、

「どうせ、父上に泣きついて、また老中にでも返り咲きたいのであろう」

「いえ、そのようなことは……」

「言わずとも顔に書いてある。将軍家と縁(ゆか)りある一色家との間を取り持つなどと、見え透いておる。おぬしは、そういうところがあからさまだから、色々なことがバレるのだ……そう父上が言うておった」

遙か年上の、しかも元は老中である一国の大名に対して、明らかに侮辱した態度である。だが、本多も信一郎がこのような傍若無人な男だということを知っているのであろう。

「まこと修行が足りず、恥ずかしい限りでございます。お父上にも大変、お世話になっておりました」

「そういう言い草がわざとらしいのだ」

信一郎はさらに強い口調になって、罵るかのように、

「おぬしが失脚したから、俺の父上が老中に格上げされ、さらには首座にまでなったと思うておるのであろう。本来ならば、おぬしが老中首座となり、幕政を思うがままに牛耳っておるのにな」

「…………」

「だが違うぞ。父上は実力で成り上がったのだ。しかも、おぬしのように裏金などはまったく使うておらぬ。誰かに媚びを売ることも、逆に脅すこともせずにな。まさに人徳によって、選ばれたのだ」

嫌みたっぷりに信一郎は言ったが、本多は平常心のまま、

「百も承知でございます。ですから、私は職を辞してからは、隠居同然に暮らしております。此度は、香取様から一色家との縁談を仰せつかったので、多少、縁のある私めが取り持った次第……ご覧下さいませ。綾姫もまことに喜んでおいでです」

と水を向けると、お蘭は多少、芝居がかってはいるが、三つ指をついて、

「今後とも宜しゅうお願い致します」

と雅(みやび)やかな声で言った。

咲呵売をしていたところを見ている沢井ですら、綾姫当人ではないかと驚いたほど自然な態度であった。

信一郎は住職に促されて上座に着いたが、どうも落ち着かぬ態度で、膝を動かしながら扇子で叩いていた。そんな様子を本多は凝視していたが、

「もしよろしければ、庫裏の方で、綾姫とふたりきりで、お話をなさいますか」

と振った。

そのような話は聞いていないお蘭は、「えっ」という表情になったが、本多はむしろ強く勧めた。信一郎が好色だということも、事前に承知していたからだ。

すると、信一郎は間髪(かんはつ)容れず、

「そうだのう。話もせずに、縁組みを決めるというのも、今の世にあってはおかしい。

色々と相性というものがあるしのう」

と言って立ち上がると、すでに決まっていたかのように、自ら本堂から渡り廊下に向かい、幾つかの座敷を経て、奥の庫裏に歩いていった。途中、石庭などが見渡せたが眺めることもなく、部屋に入ると、そこには布団が一組だけあって、いかにも床入りの儀式でもするかのように、酒なども用意されていた。

「おい。早うせい！」

羽織を脱ぎ捨てて布団の上に座るなり、信一郎は声を上げた。

本堂のお蘭はじっと動かないまま、どうしたらよいのか戸惑っていた。すると、本多も立ち上がって、

「おい。早うせい」

と信一郎と同じ文言を吐いた。

住職も承知していたのか、特に表情を変える様子もない。

驚いたのは沢井の方だった。すぐさま、お蘭を庇うように立ちはだかり、

「本多様。これはあまりではないですか」

「黙れ。一色駿河守も承知のことだ」

「しかし……」

「所詮は身代わりではないか。本物の綾姫が傷つくわけではない。これで、香取家と一色家の縁談が決まれば、どうせ綾姫は信一郎の妻となる。身代わりとして、相応しい務めではないか」

「いえ、それは……お蘭があまりに……」

「そもそも身代わりを立てると言い出したのは、おまえではないか。しかも、この後は、一色家の姫として暮らさせ、いずれ嫁に出すのであろう。その折は、また儂が面倒をみてやる」

「いや、しかし、お蘭とて生身の人間でございます。惚れた男もおるやに……」

「まさか、おまえがその男か？」

「違います。この場で縁談を決めるための策略でありますれば……」

なんとかお蘭の体まで犠牲にしたくないと、沢井は頑張ろうとしたが、本多は俄に腹が立ったのか、

「黙れ、沢井……おまえには見所があるゆえ、一色には儂に譲れと申しつけてある。この縁談が纏まれば、必ずや儂は老中に、いや老中首座に返り咲く。さすれば、おまえはその熱き政事（まつりごと）への思いを存分に叶えることができるのだ。一色家にいても、出世とは縁がないぞ」

「！……」

「のう、お蘭とやら、おまえとてどうせしがない暮らしをしていたのであろう。少しは利口になって、この世の春を楽しめ」

すると、お蘭はおもむろに立ち上がり、

「承知しております。影武者とは人身御供のことですからね」

と覚悟を決めたように言うと、沢井に軽く頭を下げて、教えられたとおりの歩き方で、信一郎の待つ寝間に向かうのであった。

八

布団の上で、帯を解いて寝転がっている信一郎の姿を見て、お蘭はたじろいだ。はにかみながらも側に寄ると、ゆっくりと打掛を脱ぎ、美しい花柄の着物のまま横になった。

信一郎は欲望を露わにした目つきで、お蘭に抱きつくと、きつく締められている帯を解こうとした。だが、上手(うま)くいかずに戸惑っていると、裾から手を忍ばせた。お蘭は目を閉じて、体を預けるようにすると、信一郎はまさに獣のような顔になって抱きついた。

「ううっ……」

と悲しげな声を、お蘭が洩らしたときである。

「嫌なら嫌と言うべきですな、綾姫様」

声があって部屋に入ってきたのは、吉右衛門であった。

「な、なんだ、おまえたちは！　出会え、出会え！　曲者（くせもの）じゃぞ！」

大声を張り上げたが誰も来ない。吉右衛門の後ろには、和馬が控えている。

飛び起きたお蘭は思わず、

「和馬様……」

と声を洩らした。すぐに信一郎は訝しげに、

「誰だ、そいつは」

「一色家の姫様付きの家臣でございます」

そう答えたのは吉右衛門だった。そして、信一郎の顔をじっと見据え、

「かような恥知らずになっているとは、驚きました。一体、どうしてしまったのです」

「なに……？」

「香取信一郎様……あなたは幼き頃より論語を諳んじ、成長するに従って四書五経にも精通する利発な子でした。それだけではありませぬ。香取藩の跡取りとして、いえ人として徳のある子供だともっぱらの評判でした」

「なんだ、おまえは……」

「駕籠や馬上からでも、道端で困っている百姓衆を見つけると、ご家来が止めるのも聞かず駆け寄って、まるで仏様のような慈悲でお助けしておられました。お陰で村々は揉め事もなく、米や麦も豊かに育ちました……百姓があっての香取家だと、常々おっしゃっていたではありませんか」

「…………」

「その一方で、悪い輩がのさばっていても、一方的に成敗するのではなく、ひとりひとりの事情を聞いて、盗みをした者には盗みをしなくて済むような暮らしをさせてやり、人を怪我させるような輩には心根を穏やかにしてやり、人に情けを施すことで、すべては自分に返ってくるのだと教えていました」

吉右衛門は布団の上でポカンと見ている信一郎を見つめながら、

「まだ十三、四歳の頃から、あなた様は名君たるべき器を見せておりましたね……なのに、今のあなた様は如何なされたのです」

「………」

「まさか、女を手籠めにするような人間に成り下がったのではありますまいな」

「て……手籠めになどしておらぬ。こいつは俺の嫁になる女だ。俺が誘うたら、こうしてきたまでのこと。どこの爺イか知らぬが、かような真似をすると、それこそ痛い目を見ることになるぞッ」

ムキになって言い返す信一郎だが、さっきまでの威勢はなく、むしろ突然、現れた不気味な二人に震えているようだった。

吉右衛門はお蘭に手招きをして、

「綾姫様……さあ、こちらへ参られよ。操(みさお)を捧げるのは、輿入(こしい)れをされてからでも遅くはありませぬぞ」

と言うと、お蘭はさりげなく着物の乱れを整えながら、吉右衛門の方へ近づいた。当然、和馬らが助けに来てくれたと思っているが、まだ姫君のふりをしていた。吉右衛門があえて綾姫と呼んでいるからである。

「なんなのだ、貴様ら……出会え！　出会え！　誰かおらんか！　曲者じゃ！」

必死に大声を張り上げるが、随行してきているはずの家来がひとりも駆けつけてこないということに、信一郎はさらに不安が増した。

「だ、誰だ……おまえは……」

「お忘れですか。信一郎様には幼き頃から、毎年のように春の節句頃には、お目にかかっていたのですがな。しかも、あなたは年寄りの私のことを、いつも愛おしく思うて下さっていた。ええ、領民たちに対するのと同じようにね」

「えっ……」

「この間、父上はご出世なされ、一大名に飽き足らず、老中首座にまで上り詰めました。幕政一番の権力を握ったのです。まさに上様ですら動かせる立場に……まさか、お父上の威を借りて偉そうにしているのではありますまいな。そんなことは、信一郎様らしくない。ええ、吉右衛門は悲しゅうございます」

本当に吉右衛門は憂いを帯びた表情になった。その顔を見ていた信一郎は、アッと跳ね起きて正座をした。

「ま、まさか……吉右衛門って、あの吉右衛門か……」

目を丸くして凝視している信一郎に、コクリと吉右衛門は頷いた。

「思い出して下さいましたか。あなたが為すべきことは、かようなことではありますまい。たしかに、お父上は厳しい面がおありでしたが、人の道を外れてはいけません。たとえ、権力を握るためとはいえ、いいえ、そういう立場になる人こそ、人道を弁(わきま)えねば」

「――き、吉右衛門か……」

信一郎はまじまじと見ていたが、首を横に振りながら、

「嘘だ、嘘だ……吉右衛門のはずがない……あいつは、俺が頭の中で描いた人物に過ぎぬ……人々が神様や仏様を思い浮かべるように、俺が勝手に考えただけの……」

「ええ。そうでございますよ」

吉右衛門はしかと頷いて、信一郎の前に近づいた。

「あれは大きな台風が来て、伊勢の湊という湊、山や野原が荒れ放題で、せっかく百姓が育てた稲穂は折れ、作物は流されたり、打ち上げられた魚が腐ったりした……その時、あなたは伊勢神宮の天照大神にも縋ったけれど、なかなか人々は救われなかった」

「ああ、そうだ……だから俺は、自分がなんとかすると、世の中のあらゆる力を集めて、壊れた山や川、海を元に戻すために、吉兆を呼び込もうと、『吉右衛門！』と何度も叫んだのだ。そしたら……おまえが俺の目の前に現れて……色々なことを教えてくれた」

「はい。まだ年端もいかぬあなたは、その通りのことをして、民を救った……ええ、

あなたの考えたことが、実現したのです」

「…………」

「なのに、今は悪いあなたしかおりませぬな。人は生まれながらに、どんな自分勝手な人間でも、少なからず他人様(ひと)の役に立つための行いをするそうです……今のあなたは、すべて自分のためだけですな。この吉右衛門は、さようなことは教えておりませぬぞ」

諄々(じゅんじゅん)と諭(さと)す吉右衛門を、唖然とした顔で信一郎は見上げながら、

「だが、だがしかし……吉右衛門は俺が勝手に考えたもので……だから、おまえが、この世にいるわけが……」

「ここにおります。あなたが願えば、いつだって参ります」

「そういえば……あの頃から、こんな爺さんだった。最後に会ったのはもう十年も前だ。まったく変わっていない」

「ええ。あなたが考えたものですから……」

吉右衛門が微笑みかけると、信一郎は自分の手で頬を叩いて、

「夢幻ではないのか……吉右衛門がまた、俺を助けに来てくれたのか……」

「はい。お父上がどうであれ、周りの大人たちがどんな悪知恵を働かせようと、信一

郎様は幼き頃のような熱き志で、これからも自ら励み、良き藩主になって下され」

微笑みかける吉右衛門を、じっと見つめていた信一郎は、おもむろに立ち上がると、お蘭の方に近づいて、

「――綾姫……つまらぬことをしてしまった。許せ……改めて夫婦になった後に、おまえと褥を共にできることを願っている」

と優しい声で言うと、ふらふらと夢遊病者のような足取りで、本堂の方に戻った。

本堂に帰ると、住職はもとより、本多も馬場も沢井も、そして他の家来たちも頭をガックリと垂れている。中には猫のように寝転がっているのもいる。

その姿を見るなり、信一郎は、

「おい！　なんだ、この体たらくは！」

と叫んだ。

怒声にハッと我に返った本多たちは、何事かと信一郎を見上げた。

「――あ……信一郎様……綾姫とは……」

「たしかに夫婦の約束をした。本多殿、あなたのお陰だ。直ちに屋敷に帰って、父上にも一色家との縁組みを進めるよう言上致す」

「さようでございますか……それは祝着至極にございます……」

本多の方もまだ目が覚めていないような寝ぼけ眼で、一同を見廻してから、山門の駕籠に向かう信一郎を見送った。そして、突然、我に返って、馬場に向かって、

「あ、綾姫はどうした。綾姫は……」

と言いながら庫裏の方へ行こうとすると、寺男に扮していた熊公が、

「すでに、お帰りになられました。今日は本当にご苦労様とのことでした」

と伝えた。

住職は突然、経文を唱え始め、家臣たちも今、目覚めたかのように背筋を伸ばしたり、大きく息を吸い込んだりしていた。

だが、その翌日——。

お蘭は一色家には帰っておらず、姿を消したと沢井から伝えられた本多は、俄に気色ばんだ。

「どういうことだ……何処かに逃げたのか」

「それが分からぬのです。旗本の高山家にも戻っておりませぬ」

「つまり、お蘭という女は、身代わりを辞めたということか」

「しかし、本物の綾姫様は、あれだけ苦しんでいたのが嘘のように快復したのです……御殿医の良順が良き薬を処方したとのことですが、摩訶不思議なこともあるもの

です」

「…………」

「ですから、綾姫様は無事、香取家に嫁ぐことになりました。すべては順調に事が運んでいるのです。本多様の思惑どおりに」

　沢井は事の子細を伝え、一色駿河守も喜んでいることを話したが、本多は釈然としない様子で苦虫（にがむし）を嚙み潰し、

「妙だな……あの信一郎が突然、憑き物でも取れたように、素直に帰った。好色なあやつなら、三日三晩は寺に入り浸っていると思っていたのだがな。その間に色々と事を進めるつもりだったが……どうも、おかしい」

「たしかに変と言われれば、変です……」

「――もしかしたら、お蘭とやらは、身代わりで見合いをしたことを、どこぞで洩らすやもしれぬ。さすれば、信一郎はもとより、香取大和守も黙ってはおるまい」

「では……」

　緊張する沢井に、本多は恐ろしいくらい卑しい顔を向け、

「どうする、沢井……前にも言うたが、一色家を辞めて、儂の家来になるか。いずれ儂は老中首座、いや大老になる」

「………」

「その折は、おまえも権力を握れる。どうだ」

「寄らば大樹の陰。御前のおっしゃるとおり、一色家にいても出世はありますまい」

双方の顔にニヤリと笑みが浮かんだ。

「ならば、おぬしに、いまひとつ骨折りを頼むことにしよう。お蘭を探して消せ。蟻の一穴のことわざもあるゆえな」

本多の得体の知れない闇の中に、沢井は自ら吸い込まれていった。

第二話　虫けらの歌

一

深川診療所の奥の部屋に、吉右衛門はお蘭を匿(かくま)っていた。大怪我をした患者として、顔も半分、包帯をして隠していた。

傍(かたわ)らには千晶がいて、一体、何があったのかと心配していた。

「ご隠居さん。またぞろ危ない真似をしているのではないでしょうね」

「和馬様のことが心配なだけです」

「もしかして、この娘さんに関わることなの……？」

お蘭は申し訳なさそうに、

「私がつまらないことに関わったばっかりに、ご隠居さんや和馬様に迷惑をおかけしました。なので、もう……」

こうして庇ってくれることはないと言ったが、吉右衛門は穏やかに慰めた。

「おまえさんはどうやら、一色家の綾姫に似ているがために、上手い具合に利用されたようだが、本多飛騨守という男は何をしでかすか分からぬ。おまえさんを口封じに狙ってくるやもしれぬから、しばらくはここにいなさい」

「でも私は……一色のお殿様は、娘として和馬様に嫁がせてくれると約束してくれました。だから、私……」

「いや。殺されるのがオチですよ。おまえさんは、本多飛騨守のとんでもない野心や陰謀に巻き込まれただけです」

キッパリと断じる吉右衛門を、お蘭はまじまじと見つめて、

「一体、どういう御方なのです、ご隠居さんは……だって、龍雲寺でだって、あの信一郎様を言い含めましたし、十万石の大名のことにも詳しそうでしたし、元老中の本多様のことも悪者呼ばわりしている……」

「私は何者でもありません。和馬様は小普請組ではありますが、いわば目付みたいな役目もしているので、何かとね」

誤魔化すように言ってから、吉右衛門は決して勝手に出歩かないように言った。そ

して、頃良いときに、和馬の屋敷で引き取ると約束をした。すると、今度は千晶の方が、

「本当に和馬様のお嫁さんにするつもりなのですか」

と吉右衛門を問い詰めた。

「さあ、人の恋路はどうなるか分かりませぬが、お蘭に行く宛てがないのならば、高山家で面倒を見るということです」

「ふうん……」

千晶は敵対心丸出しで、お蘭を睨んだ。が、そのことよりも、お蘭は一色家の殿様の娘であることを、まだ信じていた。

「でもね、私のことを娘だと認めてくれたんですよ。おっ母さんは〝囲い女〟だったけれど、一色家の娘だと」

「ならば、本多様の言われたとおり、綾姫の影武者になんぞさせず、事情を話して、あなたのことをキチンと紹介するはずです。奴らはきっと、綾姫が病気になって、信一郎と破談することを恐れただけのことです」

「そうかもしれないけれど……もし本当にお大名の娘なら、私も少しは救われる気がしたんだけれど……」

「一色の殿様はきっと、おまえさんの母親の名前も知らないでしょう」

「!……」

「とにかく、お蘭……和馬様は自分の屋敷ですら危険だと思っている。しばらくは、ここで世話になってなさい」

吉右衛門は親切心で言っているのだが、お蘭は釈然としない思いがあったのか、

「だったら、私が一色の殿様に直談判する。あれは嘘なのか。騙したんだなって。娘じゃないなら、何のために嘘をついたんだって」

「まあまあ、落ち着きなさい」

「ちくしょう……なんだか、ますます腹が立ってきたッ」

生まれ持った気性なのか、吉右衛門は呆れて見ていたが、千晶の方が同情の目で、

「分かるよ。私も似たような思いをしてきたからね。辛い思いをして暮らしてたけれど、ある事件で、大名の娘だと分かったんだ」

「えっ……」

「でも、色々あって、私はここで、藪坂先生のもとで、産婆や骨接ぎをしながら医者の修業をしてる。少しでも人の役に立ちたいと思ってね。だから、あなたも本当は何者であれ、自分が生きたいように生きたらいい。誰かの犠牲になることはない」

千晶がそう言うと、お蘭は打たれたように見ていたが、

「――冗談じゃないよ……そりゃ私なんて、千晶さんに比べたら虫けらみたいなものだよ……それでも踏み潰されたくない」

「お蘭さん……」

「私だって、お姫様になりたい。もう、こんなふうに隠れ廻って暮らすのは嫌だ」

叫ぶように言うお蘭の声に、他の患者たちが驚いて見ていた。

「隠れ廻って暮らしてきたの？」

「そうだよ。叔父と名乗る人買いに連れてかれてから、私の人生、どん底だよ。あの時、和馬様が止めてくれていれば、あのまま江戸に連れて帰ってくれていれば、酷い目に遭わずに済んだんだ」

辛そうにお蘭の顔が歪んだとき、吉右衛門は訊き返した。

「だが、おまえさんは、香具師の親方に世話になり、立派に生きてきたと話していたじゃないですか。それも嘘かね」

「嘘じゃないけれど……旅から旅の身だからね、嫌な奴らに玩具にされたよ、この体を」

「そうだったのか……」

「だから身代わりでも、綺麗な着物を着て、お殿様になる人の相手をして、自分もいずれ誰もが羨むような大名に嫁ぎたい……それのどこがいけないんだい」

お蘭は胸中に溜め込んでいたものを吐露した。だが、千晶は思わず頬を叩いて、

「馬鹿じゃないの、あんた」

「！……」

「だったら、好きにしたらいいじゃない。きれいな着物を着て、家来にちやほやされて、好きでもない相手と何不自由なく暮らしたらいいよ。お姫様暮らしってのはね、端から見ているほど楽じゃない。窮屈極まりないんだ。でも、その方が幸せだと思うなら、そうしたらいいじゃないの？」

千晶は珍しく説教を垂れるように言ったが、お蘭は和馬に対する嫉妬心の表れだと感じたのか、

「どうぞ、どうぞ。和馬様とお幸せに」

と吐き捨てて立ち去ろうとした。

「待ちなさいよ。その和馬様が、あなたのことを守ろうとして、ここに匿おうとしているんじゃないの」

「………」

「今、ここから出ていったら、また怪しげな奴らに捕まるのは目に見えてる」

好きにしろと言った千晶が、引き留めるのは、お蘭を救いたいのが本音だからだ。

吉右衛門はその思いを伝えて、

「おまえさんが利用された裏には、陰謀が隠されているに違いない。だが、それがどれだけ大きなものであろうと、お蘭……おまえをむざむざと酷い目に遭わせはしない」

と切々と言った。

だが、お蘭の気持ちは揺れているのか、包帯を乱暴に解くと、床に投げ捨てて飛び出していった。

「お蘭……！」

吉右衛門が追おうとすると、千晶は吐き捨てるように、

「無駄ですよ、ご隠居。あれが本性ってことでしょ……もしかしたら、和馬様はその昔、そういう面を見抜いたから、関わりを避けたのかもしれませんよ」

「いや、和馬様に限って……」

「いいえ。どうしても救いようのない人間というのはいるんです。偉いお武家様でも、地面を鼠(ねずみ)のように這っている人間でも……」

まだ若いのに世の中の何もかもを知っているふうに、千晶は呟いた。

表門から出ていくお蘭の姿を、吉右衛門は見送っていたが、その後を尾けていく熊公の姿も見えた。

そんな様子を——診療所の片隅で寝ていた若い男の病人がじっと見ていた。

二

本多飛驒守の住まいは、浅草御門内にあり、元は老中だけに周辺の武家屋敷に比べて、大層、立派な造りだった。

池の鯉に餌を投げながら、本多の顔は憎悪に歪んでいる。

「なんだ、その吉右衛門とかいう老人は……何故、さような余計なことをするのだ」

庭の池の側に控えているのは、深川診療所で患者のふりをして寝ていた若い男である。これは雑賀黒門党の者である。廊下からは沢井も声をかけた。

「才蔵……その老人のこともキチンと調べ出せ。奴は、旗本・高山和馬の奉公人とのことだが、どうも気になる……見合いの後、香取信一郎様もその名を口にしておった」

一色家の密偵のはずだが、沢井の支配下にあった。それゆえ、本多は雑賀黒門党も含めて自分の配下に組み込んだのだ。

「信一郎が吉右衛門という名を……そうなのか？」

「どう見ても、綾姫……いや偽の綾姫に会った後の信一郎様はおかしかったでしょう」

沢井は首を傾げながら、

「私も不覚を取りました。我に返ったときには、何が何だか……きっと眠り薬のようなものを嗅がされたのだと思います。見張り番をしていた才蔵たち雑賀黒門党ですら、お蘭と信一郎様の寝所の近くで眠っていたのですから」

「ならば、何者なのだ、その吉右衛門とやらは……」

「とにかく高山家を張っております。そして、お蘭の行方も……」

話を続けようとした沢井に、本多は苛ついて扇子を投げつけて睨みつけた。

「面倒なことはもうよい。高山も吉右衛門とかいう爺イも、お蘭共々葬れ」

「！……」

「此度の香取家との縁組みに拘るのは、一色家を抱き込んで、この手で前にも勝る権力を振るうためだ。これは香取大和守への意趣返しでもある。公金を不正に私腹したことを公にしたのは、香取本人だ」

「…………」

「奴は儂を失脚させてのし上がっただけだ。それを小普請組ごときの旗本に邪魔をされてたまるか！　消せ。雑賀黒門党が総力を挙げてでもな！」

その本多の命令に従うかのように、その夜――。

ひとりまたひとりと、闇から浮かび上がる黒装束の姿が、高山家の表にあった。才蔵が数人の手下を引き連れている。

表門は閉まっているが、容易に塀を乗り越えて、屋敷の中に忍び込んできた。お蘭を尾けていたときから、この屋敷のことは探っていたため、忍び込むのは簡単だった。

離れに、ぼんやりと行灯（あんどん）の明かりがある。

足音も立てずにスッと近づくと、才蔵は障子戸を開けて踏み込んだ。

そこには、和馬でも吉右衛門でもなく、古味がひとりで、徳利酒を飲みながらどっかと座っていた。

「な……何者だ……」

「見てのとおりだ。小銀杏（こいちょう）の髷（まげ）で、黒羽織に着流しとくりゃ、定町廻りに決まっておろう。これでも拝みな」

十手を見せて立ち上がりながら、

「北町奉行所・定町廻り同心の古味覚三郎様とは、俺のことでえ！」

と歌舞伎役者のように見得を切った。

「町方同心……」

厄介だなとばかりに、黒装束たちは一瞬、顔を見合わせた。だが、才蔵はためらうことなく、床に煙り玉を叩きつけた。とたん、白煙が舞い上がり、そのまま翻って立ち去る黒装束たちだが、屋敷内にはすでに十数人の捕り方が待ち伏せていて、御用提灯を掲げた。

立ちこめる煙幕を払い除けながら、古味も離れから飛び出してきて、

「大人しくお縄になりやがれ、雑賀黒門党！」

と大声を放った。

才蔵は驚きで立ち尽くした。自分たちの素性を知っていたからだ。

「町方風情が、なぜ俺たちを捕らえるのだ。我らは徳川家縁りの一色藩お抱えの……」

「黙れ！　おまえたちは、人殺しだッ。半年前の永代橋下に浮かんだ浪人、本村安兵衛を殺した上に、川に沈めた罪……北町が探索していたのだ」

「！……」

「たとえ名門家の忍びであろうと、人殺しなら捕らえられて死罪だ。覚悟しやがれ」

古味は抜刀して身構え、

「新陰流免許皆伝の腕前を見せてやろうじゃねえか！」

と才蔵に向かって斬りかかった。

だが、才蔵はパッと屋根に飛び上がった。

「あっ——!?」

あまりの身軽さに、古味は面食らったが、捕り方のひとりが投げ縄を勢いよく放り、才蔵の足に絡めた。思い切り引くと、才蔵はくるりと宙を舞いながら着地し、自ら足に絡んでいる縄を忍び刀で切った。

すると、捕り方は後ろによろめいた。その隙を突いて、才蔵が突っ走って捕り方を斬った。鮮やかな反撃に、他の捕り方たちも一瞬、たじろいだ。そこに忍びたちが、手裏剣を投げつけてくる。

刀や六尺棒、突棒や刺股などを持っている捕り方たちは、とっさに身を躱したが、ほとんどは這々の体で逃げ出した。あまりにも腕が違いすぎる。

それでも、古味は「こら！　怯むな！　相手も人間だ！　逆らえば、構わぬ。斬れ！　斬って捨てろ！」と怒声を浴びせたが、立ちはだかる雑賀黒門党一味の前に踏み出たのは、古味ひとりであった。

「えっ……俺だけ……」

情けない声を洩らしたとき、才蔵が猛然と斬りかかってきた。懸命に刀を弾き返したが、体が傾いた隙に、古味はバサッと斬られた——かに見えたが、危うく袖だけであった。

古味は必死に体勢を整えて、才蔵に斬りかかったが、他の忍びたちの姿はすでにない。虚を衝かれて見廻している隙に、才蔵も塀に飛び上がって、そのまま向こうに飛び降りた。

すぐさま古味は表門に廻って、懸命に扉を開けて外に駆け出たが、どこにも雑賀黒門党の姿はなかった。

「ちくしょう……覚えてやがれ！」

怒鳴りながらも、古味はその場に座り込んで、

「ああ、怖かった……あいつら、本当に凄い奴らだな……」

と愚痴を言いながらも懸命に立ち上がり、気を取り直したように向かったのは、高山家から二町ほどしか離れていない武家屋敷——北町奉行・遠山左衛門尉（とおやまさえもんのじょう）の深川屋敷であった。

そこには、和馬と吉右衛門がおり、熊公が宥めるようにして、お蘭の姿もあった。

駆け込んでくる古味の情けない様子を見て、吉右衛門が訊いた。

「どうやら、逃げられたようですな……誰か怪我をした者はおりませぬか」

「捕り方がひとり斬られたが、鎖帷子を着込んでいたので、大事なかった。むしろ俺の方が危なかった」

と古味は袖を振って見せて、

「ご隠居に唆されて張ってたが、ありゃ、本当に忍びだった。そんな奴らが、たかが浪人殺しなんかするか？」

「するだろうな」

声があって、奥から現れたのは、偉丈夫で泰然とした着流し姿の武士だった。なかなかの男前で、役者のような風貌だ。

「これは、遠山様……」

和馬は深々と頭を下げた。同じ旗本とはいえ、三千石と二百石の格差がある。

「えっ……」

と驚いたのは、お蘭であった。名奉行の誉れの高い遠山左衛門尉が、この場に現れるなどとは、ついぞ思ってもいないからである。

「遠山って、あの……」

「不思議がることはない。遠山様のお屋敷ですからね」

「…………」

「お蘭さんを守るためには、ここがよかろうと、お頼みしたのです。若い頃は、遠山の金さんという名で芝居小屋の下働きをするような、遊び人だった御仁ですがね」

吉右衛門がすぐに補足すると、お蘭はますますびっくりして、

「一体、ご隠居は……だって、あの時は、香取家の御曹司、信一郎様に説教をしたり……」

「そんな話より、おまえさんの身に起こったことを、遠山様にお聞かせしなさい」

「えっ……」

「それが、おまえさんのためにもなる。今し方、古味の旦那が捕縛し損ねたのは、腕の立つ忍びだが、別件で殺された浪人者を仕留めたのも、雑賀黒門党の仕業と思われる」

「…………」

「殺された男は浪人として処理されたが、実は大目付・本村安兵衛という者……つまり、一色藩が狙ったのだが、その理由はまだ詳らかになっておらぬのです」

吉右衛門が淡々と話すと、お蘭は両耳を塞ぐ仕草で、

「そんなこと言われても、私は分からない」

「でしょうな。だが、今や雑賀黒門党は、一色藩ではなく、本多飛騨守に仕えるようになった節がある。おまえさんを綾姫に仕立て上げた沢井右近が、裏切ったということでしょうかな」

「私になんの関わりがあるの……」

「見合いのときの綾姫が、偽者だったということですら消しておきたい御仁がいる。それが本多飛騨守ということ。そして、大目付の本村は、本多飛騨守の怪しげな動向を調べていた……そんな矢先に殺された。本多が、一色に命じたのでしょうな。香取家への嫁入り話を餌に……」

確証はないが、吉右衛門が考えていることは、当然、遠山も承知しており、事件が事件だけに慎重に調べていたのだ。それゆえ、お蘭の話も貴重なものとなり得る。

「これで決まりだな」

遠山は、お蘭の顔を見て言った。

「おまえを狙っているのは、本多飛騨守だ。だが、一色藩も不都合となれば、手を掛けてくるやもしれぬ」

お蘭はゴクリと生唾を飲んだ。

「えらいことになったなあ……私は綾姫に似てるってだけで、そんな……」

「おまえは何も悪くない。事件の背景については、この遠山がさらに探りを入れるゆえ、おまえは安心して、ここにおるがよい」

「冗談じゃないよ……こんな偉いお奉行様の所とはいえ、ずっと燻（くすぶ）ってるなんて、真っ平御免だよ」

不満を募らせるお蘭に、和馬は説得するように、

「我慢しろ。今、表に出たら、間違いなく殺される。なんといっても、大目付まで亡き者にしたのだからな」

「でも……」

「ここなら絶対に安全だ。もし雑賀黒門党の奴らが気づいたとしても、町奉行の屋敷にまで、おまえを奪いには来るまい。いましばらく辛抱してくれ。遠山様もこう見えて、意外と臍曲がりだ。あまりごねてると、追い出されてしまうかもしれぬぞ」

「はいはい。分かりました」

不満げに頷くお蘭だが、吉右衛門だけは、

――この女にはまだ裏がある。

という思いで見ていた。富岡八幡宮で和馬と再会してから、これまでのことすべてが偶然とは思えなかったのである。

三

案の定、お蘭はその夜のうちに、こっそりと遠山の屋敷から出ていった。和馬や吉右衛門がこれほどまで面倒を見ようとしても、頑なに受け付けない気持ちがあるようだった。手には簡単な風呂敷荷物を持っただけである。町木戸を避けて竪川に向かい、川沿いの道を両国橋の方に向かうつもりだった。

「勝手な真似はするな」

後ろから、和馬が追いかけてきた。門番をしていた中間が、勝手口から音がしたので、すぐさま報せに来てくれたのだ。

「俺たちの気持ちが分からないのか」

「放っといておくれよ！　私は上州にでも行って暮らすんだ！　遠くに行けば、連中だって追ってきたりしないさ！」

お蘭は乱暴な声で叫んだが、和馬は思わず腕を掴み、

「何処へ行こうと自分の影はついてくる。またぞろ野良犬みたいにうろついて、昔のように人の金をくすねて、こそこそ生きるのか」

「それこそ、私の勝手でしょ。和馬様と何の関わりがあるのさ」

「こうして再会したのだ。関わりはある」

「笑わせんじゃないよ！」

手を振り払ったお蘭は、憂いの色を目に浮かべて、

「人に情けを振り撒いて、いい気になってるお旗本には分からないさ。そうやって威張り腐ってるのが頭にくるんだよ」

「威張ってなんかおらぬ」

「てめえの方が上等だからって、まともに暮らしてるからって、人を見下してる。それを威張ってるってんだよ。出世のためだかなんだか知らないが、人を陥れる本多とかいう大名と大して変わらないよ」

「おい、お蘭……」

「野良犬のどこが悪いんだい。私は人に甘えたくないんだ。女のくせに香具師をしてるから哀れに思うのかい。たとえ惨めだとしても、自分だけを信じて生きてきた。これからもそうしたいんだよ！」

一気呵成に悪態をついたが、和馬は思わずお蘭を抱き寄せ、さらに強く抱きしめた。

「⁉──な、何するんだよッ」

抗って突き放そうとするが、力強い和馬の腕は微動だにしない。

「生意気な口をきくんじゃない。おまえはきっと、人に騙され続けてきたから、誰も信じられないのだ。そんなことは自慢できることではない。俺も子供の頃はそう育ったから分かるのだ」

突然、溢れ出した和馬の涙が、お蘭の頬も濡らした。

「親父は俺よりも何倍もお人好しの大馬鹿者で、自分の妻の薬もないのに、人に騙されてなけなしの金を奪われた。大概は同じ無役の旗本仲間に吸い取られた。だから俺も同じように、悪ガキどもにいいように扱われた」

「…………」

「だがな……そんな俺を救ってくれたのは、深川の名もなき人々だ。俺より貧しくて酷い暮らしをしている人たちが手を差し伸べてくれた……」

「そうだったの……」

お蘭の体から少しだけ力が抜けた。

「だから、俺は人として、深川の人たちの役に立ちたいと思ったんだ。役人というのは、人の役に立つって書くと親父も言ってたしな……だから、貧乏旗本がさらに貧乏旗本になって、中間ひとりも置けなくなった」

「………」

「でも、ある日、吉右衛門が現れた……なんだか知らないが、その時から、不思議と貧しいことがまったく苦にならなくなった。妙な塩梅だ……花咲爺さんみたいでな。町のみんなも、いつしか福の神と呼ぶようになったりしてさ、いつもうちの庭は賑やかになったんだ」

「──うん。私も見たよ……」

「初めて、おまえを見かけたとき、まだガキで色気も何もなかったけれど、色々苦労したから今がある。いい女になった」

「えっ……」

「ほんの短い間だったけれど、千住宿で過ごしたときは、妹みたいに思ってた。だから、野良犬みたいな、捨て鉢な暮らしだけは、もうやめて欲しいんだよ」

　涙でぐしゃぐしゃになる和馬の顔を、お蘭も同じような泣き顔で見つめた。

「ありがとう……でもね。やっぱり、和馬様とは違い過ぎるよ。そう、和馬様には千晶さんがお似合いだ。私、この頬をピシャリと叩かれたけどね、温かい掌だった……分かったんだ、どういう人か」

「千晶は、その……」

和馬は何か言い訳めいたことを言おうとしたが、

「大丈夫だよ。私……本当にどうしようもなく困ったら、和馬様を頼ってくるから。兄ちゃんて甘えるから」

とお蘭は突き放すようにして駆け出した。

「――お蘭……」

それでも追いかけようとしたとき、和馬の目がビクッと見開いた。行く手の路地の向こうに、白刃が微かに見えた。

「!?――」

素早く駆け寄った和馬は、お蘭を横抱きに跳んで押しやると、振り返りざま抜刀した。すでに目の前には、雑賀黒門党と思われる黒装束が数人、迫ってきていた。和馬に斬りかかる者たちと、お蘭を狙う者たちが分かれて攻撃してくる。

「死ねいッ」

お蘭に殺到する黒装束に、和馬は脇差しを投げて制し、素早く戻って庇いながら、相手を斬り倒した。もっとも腕や足を払うだけで、命は取らぬ。それが和馬の流儀だ。

　だが、さらに黒装束が数人、闇の中から駆けつけてきて、ふたりに必殺の狙いを定めて白刃を浴びせてくる。

　その時、物陰から猛然と飛び出てきた人影があった。黒装束に体当たりをかまして掘割に突き落とすと、背後から斬り込んでくる相手を背負い投げで、これまた川に投げ込んだ。

「藪坂先生……！」

　驚き顔で和馬が見た人影は、深川診療所の藪坂甚内だった。

「こんな俺でも多少は役に立つかな」

「それどころか、百人力ですよ。先生は、うちの吉右衛門以上に不思議な御仁ですしね。めちゃくちゃ腕も立つ」

　和馬が笑いかけてから、黒装束たちを次々と倒していると、ふたりのあまりの強さに、さしもの忍びたちも驚いたのか、頭らしき男の口笛を合図に立ち去った。

「はは。恐れをなして逃げおった」

　藪坂が手をパンパンと叩いて埃を落とすと、

「しかし先生、どうして……」

「なに、回診の帰りに通りがかっただけだ」

「違うでしょ。やはり、お蘭のことが気懸かりで、見張ってくれてましたか」

「そこまで暇じゃないぞ。それより、奴らは明らかに忍びだが何者なのだ」

奇異な目で藪坂は見たが、また離れていきそうなお蘭の手を取って、

「おまえさんが狙われていた。理由は分かっているのだな」

と訊いた。

和馬がこれまでのことを話そうとすると、

「あらましは千晶から聞いたがな、一色家の姫の身代わりをしただけで、ここまでするものかな……他に訳があるのではないか？」

藪坂は、お蘭の顔をまじまじと見たが、

「――別にありません。私には何がなんだか……」

お蘭は、分からないと首を振った。

とはいえ、何度も命を狙われたのだ。尋常な事ではないと思い、和馬はお蘭の体を支えながら、遠山の屋敷に戻ろうとした。藪坂も「それがいい」とは言ったものの、

「何かあったら、いつでも深川診療所に来て下さいよ」

そう勧めたが、和馬は意外にも、

「先生……もうこの一件には関わらない方がいい。でないと、診療所に迷惑がかかる。

もちろん、患者たちにもね」

「それは有り難いが……」

「相手は情け知らずの忍びだ。何をしでかすか分かったものじゃない。ここは黙って手を引いて下さい」

　和馬と藪坂の見つめ合う目と目がぶつかるが、

「まあ、高山様がそうおっしゃるのなら……ですがね、私も性分としては余計なお節介が好きでね。あなたは危なっかしくて見てられない時がある。親父さん譲りでね」

「はは。貧乏なところがね……とにかく、遠山様のお屋敷ですら危ないかもしれぬ。事と次第では、奉行所内で匿うこともお願いせねばなりますまい」

　力強く言う和馬を、藪坂とお蘭は頼もしそうに見ていた。

四

　その夜は何事もなく、遠山家の深川屋敷で過ごせた。

　すっかり疲れたのか、お蘭は布団で深く眠っていたが、和馬は同じ部屋で寝ずの番をしていた。障子戸を照らしている月の明かりすら冷たく感じていた。

翌朝、吉右衛門は自ら作った炊き込み飯や惣菜などを持って、遠山家を訪ねてきた。屋敷にも賄い役はいたが、間借りをしている身であるから遠慮をしたのもあるが、お蘭が孫娘のような気がしてならなかったからだ。

お蘭は礼を言いながらも、どうしてここまで親切を施してくれるのか理解できなかった。やはり心の奥に、色々な人に騙されてきた辛い思いがあるゆえだ。

吉右衛門は確認するように繰り返した。

「——見合いの相手は、香取信一郎……伊勢十万石の跡継ぎで、子供の頃はまさに神童と思えるほど聡明だった。いっそのこと、お蘭……おまえが綾姫として嫁ぐかね」

突拍子もない吉右衛門の言葉に、お蘭は唖然とした。すると和馬が付け加える。

「香取大和守は、上様のご信任が厚いと聞いてるが、温和なお人柄で、とても策士である本多飛騨守と手を組んで何かを企むお人とは思えぬな」

「そうなんですか……」

不審そうに、お蘭は訊き返した。

「ええ。それに、大名同士の婚約を纏めたところで、それだけで本多様の復権に繋がるはずもない。裏に何かあるのではありますまいかね、和馬様。我々が思いも及ばぬような」

「――まったくッ。元老中のくせして、陰謀を企むのなら、自分たちでやればいい。か弱いお蘭を巻き込むことはないのだ」

珍しく語気を強めた和馬に、目を見開いたお蘭が青ざめた顔を向けている。

「どうした、お蘭……」

「相手がそんな偉いお人で、何か企んでる人なら、逃げようがない。いつか殺されてしまいそうな気がする」

「大丈夫だ。何度も言うが、そんな目には遭わせない」

「でも、私なんかのために、和馬様を危ない目には遭わせたくない」

真剣な眼差しで言うお蘭に、吉右衛門は微笑みかけて、

「権力者同士が騙し騙されて、殺し合うのは身から出た錆だ。私も余程のことがないと、手出しをする気はないがね。おまえさんのように何の関わりもない者が巻き込まれるからこそ、容赦できないんですよ」

「分からない……私なんか助けても一文にもならないのに」

「そうだな。しかし、和馬様はそもそも金にならないことばかりしてきた。それが独りよがりだと非難されてもね」

「…………」

「ですが……やはり情けは人のためならず……いつかは自分に戻ってくるのです」

吉右衛門はそう言って、お蘭の顔をじっと見つめながら、

「だが、お蘭は得になると思って、綾姫の身代わりを引き受けた……だね」

「え、ええ……」

「でも、それは金ではなく、一色家の娘だと本当に思ったわけでもなく、違う理由があったのではないか？」

心の奥を見透かしたように言う吉右衛門に、お蘭は思わず目を逸らした。

「だからこそ、信一郎様と床入りするなどという、思いも寄らぬことが起こっても、受け入れたのではありませぬか」

「…………」

「信一郎様が本当に悪い男ならば、どんな目に遭っていたか分かりませぬ。それでも、受け入れる覚悟ができたのは……」

迫るような言い方の吉右衛門に、訊き返したのは和馬の方だった。

「できたのは……？」

「お蘭……おまえさんの狙いが、他にあったからではありませぬか」

「！……」

明らかに動揺したお蘭を見て、和馬も心配そうに尋ねた。

「そうなのか……もし、そうなら、どんなことでも俺たちに話してくれ。たとえ、遠山奉行に言えないことでも、俺たちにはな」

深い溜息をついたお蘭は、しばらく黙っていたが、ポツリと言った。

「実はね……私のおっ母さん、香取大和守に殺されたんだ」

「え……ええっ⁉」

あまりにも突拍子もない話なので、和馬は素っ頓狂な声を上げた。

「何か子細があるのかね……」

「子細ってほどじゃないけれど、ある日、鷹狩りかなにかで、大名行列が近くの街道を通ったんだ。その時、小さな子供が紙風船か何かを取ろうとして飛び出してしまって……とっさに、おっ母さんが追いかけ、子供を抱いて道端で平伏したんだけれど」

お蘭は目の前で事が起こっているかのように、必死の顔で、

「行列のお侍が何人か駆けつけてきて、『無礼者！』と罵りながら、何度もおっ母さんのことを蹴りつけたんです。槍の柄で叩いたりもしました……私も思わず飛び出して謝ったんだけれど、何度か蹴られて」

「で……」

「行列は何事もなかったかのように、そのまま行き過ぎたけれど、おっ母さんはその時に受けた怪我が元で死んだんだ……流行病と重なったから、病死って町医者には言われたけれど、あんなことがなければ死ななかった。元気なおっ母さんだったもん」

「それは、酷い話だな……」

和馬は同情の目になって、お蘭の側に寄った。

「大名行列を横切ったための無礼討ち。斬られないだけ良かったと言われたけど、たまたまそこにいた他所の子のために、おっ母さんは……」

「………」

「その行列が、香取大和守という殿様だと後で知ったんだ……でも、どうしようもないもんね……当たり前だけど、誰も助けてくれなかったし……私もすっかり忘れてた」

お蘭はわずかだが怒りに眉間に皺を寄せて、

「でも、一色家で綾姫の話が持ち上がって、相手が香取大和守の息子……と聞いたときに、ふつふつと思い出したんだ。だから……だから私、なんとか香取大和守に会って、おっ母さんの仇討ちをしたいと思った」

「それで、承諾したのか……」

「綾姫の病は、二、三ヶ月続くと言ってたし、だったら結納(ゆいのう)の席に出たとしたら、香取大和守にも会える。その時にと考えてた」

さらに悔しそうな顔になったお蘭は、強く拳を握りながら、

「でも、あの息子の信一郎の態度を見ていたら、『仕返しするなら、こいつでもいいや』と思ったんだ……だから、寝床で頃良いときに、簪(かんざし)で喉を突いて殺そうと思ってた」

と吐露した。

「そんな恐ろしいことを考えてたのか……」

「だって、おっ母さんを殺したも同然で、私の人生も狂わされた……そいつに復讐してはいけないいかな」

「…………」

「そうでしょ、ご隠居さん。偉い人が自分勝手なことで、関わりのない人を巻き込んじゃいけないいんだよね」

縋(すが)るように言うお蘭に、吉右衛門は穏やかな目で頷いたが、

「やはり、そういうことがな……だとしたら、あのとき、止めてほんに良かった」

「えっ……？」

「信一郎は殺されなくて良かった。香取大和守も無事で良かった」

「そ、そんな……！」

お蘭は、吉右衛門のことを仇のように睨み返した。

「どうやら、おまえは勘違いをしていたようだな。香取大和守の鷹狩り場は相模にある。しかし、本多飛騨守の鷹狩り場なら、かつて千住宿の先にあった」

「…………」

「調べてみぬとハッキリとは分からぬが、おまえさんの母親に手をかけたのは、本多飛騨守の行列かもしれぬな」

吉右衛門はそう言いながらも、確信していたようだった。

「私が知っている限りでは、香取大和守がさようなことをしたことはないが、本多飛騨守は自領も含め、街道筋で何度も同じようなことをやらかしておるのでな」

「では、あの時の……」

龍雲寺で泰然と座っていた人がそうかと、今更ながら、お蘭は歯痒かった。だが、吉右衛門は諭すように、

「よいか。二度と仇討ちなど考えてはなりませぬ。しばらくの辛抱だ。おまえがここ

に隠れているうちに、きっと本多飛驒守の首根っこを押さえてみせる。二度とおまえを狙わせたりしません」

「ご隠居さん……」

吉右衛門を見るお蘭の目には、まだ怪訝な色がある。ご隠居が何故、ここまで大名や旗本のことに詳しいのか。そういう老体が、なぜ自分のような取るに足らない娘を助けようとしているのか、お蘭には不思議でならなかった。

五

同じ頃、本多の屋敷では――庭先に来ている小鳥に餌を与えていた本多の手が止まって振り返った。

「また逃がしただと？」

そこには、沢井がいる。少し離れて、側用人の馬場も控えていた。

「申し訳ございません。高山和馬というのは、小普請組のくせに手練れで、その奉公人らしき爺イも曲者……その上、深川診療所の医者もなかなかの腕前」

「感心しておる場合か」

「しかも、あの女は、遠山左衛門尉の屋敷に匿われておりますれば……」

驚く本多の頬が俄(にわか)に歪んだ。

「なんとッ。北町の遠山が関わっておるのか」

「子細は分かりませぬが、高山と繋がりがありそうです」

「遠山とは厄介だな……」

「ですが、本多様から見れば、町奉行など小者ではありませぬか。ご老中であらせられたときには、支配下にあったはず」

「その遠山が儂の裏金や賄賂を暴きおったのだ」

「えっ……！」

「またぞろ、お蘭をネタにして何やら企んでおるのかもしれぬな。儂が老中に返り咲いたら困るのであろう」

本多は忌々(いまいま)しげに咳払いをして、

「尚更、婚儀を急ぎたいのう。見合いの後、信一郎はいたく綾姫を気に入ったらしく、一日も早く嫁に迎えたいと、香取に伝えておる。香取もその気になっておるゆえな」

と言うと、馬場はすぐに段取りをすると立ち上がろうとしたが、

「待て。その前に、お蘭の口を封じなければ、儂のただひとつの夢も砕け散ることに

なる。遠山が匿っているのなら尚更だ」

「それは、御前の杞憂ではありますまいか」

恐縮したように沢井が言った。

「なんだと。おまえがさっさと仕留めておれば、その杞憂が晴れたのだ」

「たしかに、お蘭は信一郎を上手く誑かしましたが、所詮は取るに足らない女香具師。一刻も早く、綾姫を嫁がせれば、お蘭ごときが何を言おうとどうということはありますまい」

「しかし、龍雲寺でのことが……」

「信一郎様は本物の綾姫と思っているのですから、何の問題が？　結納さえ交わせば、香取家と一色家が……」

と話しているところへ、家臣が来て、廊下に控えて声をかけた。

「殿！　只今、遠山左衛門尉様が、面談を願いたいと参りました」

「なに……!?」

本多は眉間に深い皺を寄せ、馬場と沢井もそれぞれ驚きの顔で息を呑んだ。今し方、遠山の話をしていたからだ。

「如何致しましょうか」

「うむ……玄関脇の客間で待たせておけ」

そう命じると、本多は立ち上がり、衣桁にかけてあった羽織を着て、

「事と次第では……分かっておるな」

と斬る仕草をした。

沢井は驚いたが、馬場は肝が据わっているのか、当然のように頷いた。本多は鋭い目つきで促すと、自分だけが廊下に出た。

客間では、遠山左衛門尉が端然と座っていた。

襖を開けて入ってきた本多は、

「何用だ。無役となったそれがしの顔を見て、からかいとうなったか」

と皮肉っぽく言ったが、遠山は深々と頭を下げて、

「突然の無礼、お許し下さいませ。その節は、大変、ご迷惑をおかけ致しました。今日はお願いがあって参りました」

「からかっているのか……今の儂には何の力もない」

「力がなくとも、できることとです」

「ふん。それがしは浪々の身になって長い。すっかり頭も廻らなくなって、おぬしの気持ちがよく分かる」

「は……？」

「若い頃は親の臑齧りで遊び廻っていたことは、誰もが知っている話だ。一度、背中にある刺青とやらも見てみたいものだ。はは……だが、なまじ役職にあるよりも、今の方がはるかに気楽に生きられる。しかも、そこそこ歳も食った。毎日、縁側でうたた寝だ」

浮世から離れた隠居暮らしでもしているように話したが、そんな本多を見つめていた遠山は真顔を向けたまま、

「それにしては、生臭さが一向に抜けぬようですな」

「——どういう意味だ」

「たかが小娘のお蘭を、どうでも抹殺せんとする裏には、あくまでも天下をその手に掌握せんとする本多様の野心が隠されている……と見ましたが」

「馬鹿馬鹿しい……」

微かな動揺を、本多はことさらの無表情で覆い隠し、

「天下云々は噴飯物だが、さような女の名前は聞いたこともない」

「でございましょうな。本来ならば、そのような名は、ただの虫けらとして忘れ去っておられるでしょう」

「……………」

「だが、今は違います。お蘭の名は、本多様の胸に刻まれて離れぬはずです。すなわち、一色家と香取家の縁談に、あなた様の執念がかかっている証でございます」

無表情を装う本多の頬が、堪えきれずにピクピクと引き攣った。

「無礼であろう、遠山……おまえは比類なき名町奉行として、幕閣の評判が良いようだが、儂は仮にも元は老中。しかも一国の大名である。たかだか三千石の旗本のおまえの、下らぬ話に付き合うほど暇ではないのだ」

「毎日、うたた寝をしているのでは？　そんなはずはありますまい。あなたの気性は、それがしもよく分かっておりますれば」

「いい加減にせい。もう話は聞かぬッ」

立ち上がろうとする本多に、遠山は語気を強めて、

「頼みがあると言ったはずです」

「…………」

「お蘭のことは捨て置いて下さいませ。本多様は覚えてなんぞおりませんでしょうが、お蘭は哀れな女です……あなた様の行列を邪魔した咎で、お蘭の母親は殺されたも同然なのです。これも因果か……」

「なんの話をしておるッ」

「何もかも隠さずに打ち明けて欲しいわけではありませぬ。あなた様が老中に返り咲くのも結構な話。その折はまた、それがし評定所を預かる身として、新たな疑惑を晴らすだけです」

「貴様……！」

「ですが、これ以上、お蘭の命を狙うなら、此度、私が摑んでいるすべてを公に致します。そして……本多様のまことの狙いを、断じて暴かずにはおきませぬ」

「まことの狙い、だと……」

「さよう。お忘れなきよう。そのために、お願いに参りました。お蘭のことは、どうか捨て置いて下さいますよう。宜しいですなッ」

ビシッと言いのけると、遠山は立ち上がり、さっさと出ていった。

見送る本多のこめかみには、濃い青筋が浮かんで、

「おのれ、遠山めが……お蘭のことは後回しだ。直ちに遠山を殺せ。如何なる手段を取ろうと構わぬ。殺せ」

と襖を隔てて控えている馬場と沢井に命じた。一瞬にして、馬場には緊張が走ったが、沢井は少しばかり、ためらいを感じた。その表情を見て取るや、本多は睨みつけ、

「嫌なら、一色の元に帰るがよい。一生、うだつの上がらぬ殿様の下で喘ぐがよい」

「――いいえ……遠山奉行のような大物を討ち取る武者震いでございます」

沢井は翻って、すぐに遠山を追った。

屋敷の外に続く路地の塀沿いの道を、立ち去っていく遠山の姿が見えた。連れの与力か同心もいるが、二、三人である。

その前方から、鈴を鳴らしながら、巡礼姿の男女が近づいてくる。

笠の下の顔がほんの一瞬、見えたかと思うと、ふたりは同時に先端が槍の穂のようになっている杖を激しく突き出した。

遠山は察知していたのか、素早く跳び退ると抜き打ちに相手ふたりの笠を斬った。白装束だが、いずれも忍びのようだった。

「雑賀黒門党の者だな。俺を町奉行と承知の上で消しに来たのか」

「…………」

無言のまま巡礼姿が突きかかるが、遠山は後退しながら躱し、一瞬の隙を突いて、仕込み杖をカキンと弾き飛ばした。だが、すぐさま忍び刀を抜き払って斬り込んでくる相手の腕を、遠山は切っ先で斬った。

「うっ……」

と膝を突いたのは〝くの一〟の方だが、遠山は止めは刺さず、男の方には小柄を投げつけた。それは運悪く相手の目に命中し、忍びは悲鳴を上げながら、転げ廻った。

随行していた与力と同心も、他の忍びたちと立ち廻っていたが、いずれも町奉行所屈指の腕利きで、致命傷を与えぬ程度に忍びたちをその場に組み伏せた。

遠山の背後から迫る沢井は一瞬、忍びたちの姿にたじろいだが、すでに抜刀しており、「キエーイ！」と必殺の構えで、上段から打ち下ろした。だが、遠山は掻い潜って沢井の背後に廻り、肩に一太刀浴びせると、相手の刀を奪い、袖を巻き付けるようにして、近くの木塀に押さえつけた。身動きできなくなった沢井は、藻掻きながらも、

「殺せ！　生き恥をかかせるのか！」

と叫んだ。

だが、遠山の目は笑っており、

「恥など一時のものだ。命を大切にするのだな。ましてや、本多のような男のために、一色様を裏切ることこそ恥だ。徳川家縁りの雑賀黒門党も地に落ちたものだな」

と言うなり、与力や同心たちとともに、それ以上は何も言わずに立ち去った。

呆然と遠山の後ろ姿を見送る沢井は、自分の素性も見抜かれていた上、情けをかけられたことに、なんとも言えぬ悔しさが満ちあふれてきた。

六

深川診療所では、こんなに病人や怪我人がいるのか、というほど患者が集まっていた。流行病はないが、年寄りが増えたせいか、〝堅固〟を崩す者が後を絶たないのだ。それに加えて、普請人足などは安い日当で雇われているせいか、休むこともできないので疲れが溜まって、よく怪我をしてくる。

「公儀がしっかりしてないから、町人たちが割を食うんだ」

と藪坂は常々、言っている。

千晶もいつものように、竹下や宮内ら若い医師とともに押し寄せる患者たちの治療と看護をしていた。

そこに、少し腕を怪我している職人ふうの男が来て、

「千晶先生ですよね」

「いえ、まだ先生と呼ばれるほど……」

「立派な骨接ぎの先生です。あ、それより、今し方、そこで高山様に会いまして、あなたを屋敷で待ってるとのことです」

「和馬様が？」

少し上擦ったような声になる千晶を、職人ふうはからかうように、

「へへ。もしかして逢い引きですかい」

と言った。

が、千晶は職人ふうの肩を軽く叩いて、すぐに立ち上がり駆けていった。それを見送る職人ふうの男は、「フン」と鼻で笑い、痛そうにしていた腕を伸ばして、悠然と立ち去った。

そんな様子を、離れた所から、何気なく見ていた藪坂は気になって、職人ふうの後を追った。すると、表門を出たところに、職人ふうが待っていて、

「黙って、これを高山和馬に渡しな。余計なことをすると、どうなろうと知らないぜ」

と一枚の文を押しつけた。

「なんだ、貴様……！」

藪坂は摑みかかろうとしたが、

「おっと。それ以上、近づくと千晶って女が死んでしまうぜ」

と職人ふうは駆け去った。

その文には、

『高山和馬に告ぐ。千晶を取り戻したくば、暮れ六つ、お蘭を連れて、高輪龍雲寺へ来たれ。遠山に報せても無駄だ』

とだけ記されており、相手の名などは書かれていなかった。

「こ、こいつは……大変なことになった」

ダッと走りかけた藪坂の足が、一瞬動かなくなった。そして、その場にじっと立ち尽くすと、もう一度、文面を見て、おもむろに診療所の方に戻っていった。

一方、急いで駆けつけようとする千晶の前に、ふいに数人の侍が現れた。ハッと立ち止まったが、いずれも無表情に千晶を見ている。

千晶は一挙に不安が込み上げてきた。

「なんです」

と言う間もなく、千晶は鳩尾（みぞおち）に当て身をされた。侍たちは人目から隠すように、千晶を囲んで支え、路地から現れた武家駕籠（かご）に押し込むと、瞬（また）く間に連れ去ってしまった。

その夕暮れ――。

龍雲寺の山門を潜ってきたのは、藪坂であった。いつもの医者姿ではなく、羽織袴を纏って、腰には刀を一本、差していた。

前庭の向こうに聳(そび)える本堂を見上げると、大きく息を吸って、グイと石畳を踏み込んで歩いていった。真っ赤に焼けていた空は群青(ぐんじょう)色に変わり、鬱蒼と茂る樹木は妖怪でも潜んでいそうだった。

藪坂が入ったとたん、背後から山門の扉がギギイッと閉じられた。だが、藪坂は顔色ひとつ変えず、前を見据えていた。

本堂から、ゆっくり現れたのは、馬場と沢井であった。手下も数人いる。

「千晶を返してもらおうか」

落ち着いた態度で、藪坂の方から声をかけると、沢井が一歩踏み出て、

「おまえは……深川診療所の藪坂甚内ではないか。用があるのは、高山和馬の方だ」

「先に千晶を返してもらおう。さすれば、高山様とお蘭を連れてくる」

「何を寝ぼけたことを。奴らは何処だ」

「そんなことを、おまえたちは百も承知ではないのか。なぜ千晶を巻き込む。俺の大切な愛弟子(まな)だ。さあ、返してもらおう」

沢井は何か言おうとするが、仕方がなさそうに馬場が後方の手下を見て頷いた。す

ると、縛られ猿ぐつわを噛まされた千晶が、庫裏の裏手から連れてこられた。

「──千晶……！」

千晶の目も輝いて、思わず藪坂の方に駆け寄ろうとするが、手下に縄を引かれてよろめいてしまう。

「さあ。お蘭の居場所を言え」

馬場が野太い声を荒げると、藪坂は鋭い目で睨んだまま、

「だから、それはおまえたちが承知していることであろう。北町奉行の遠山様の深川屋敷であることをな……いや、北町奉行所に連れていったかもしれぬ」

「……からかってるのか。こっちは高山和馬を呼びつけたはずだがな。何故、おまえごときが来るのだ」

「高山様はただ人助けをしただけだ。お蘭とは何の関わりもない」

「だから、なんだ。こっちは高山に用があったのだ」

馬場はシタリ顔を向けて、

「奴は、無役同然の小普請組だが、公儀目付であることは百も承知だ。そもそも、奴を目付に命じたのは、本多様ゆえな。その本多様の不正を暴いたのは……高山なのだ」

「俺はそんなことは知らぬ。深川診療所の面倒を見てくれている人に過ぎぬ」

「惚(とぼ)けるな。おまえも雑賀黒門党相手に、一暴れしたではないか。その腕前からして、おまえも町医者なんぞとして暮らしながら、遠山に雇われた密偵か何かか」

「関わりない。ただの町医者だ……もっとも元は武士であることは確かだがな」

藪坂は腰の刀を軽く叩いて、イザとなったら抜くという姿勢を見せて、

「高山様を呼び出すのは筋違いだ」

「いや……高山は、そこな千晶なる女に惚れているそうだな」

エッとなったのは千晶だったが、藪坂は相手を睨みつけていた。

「だから、お蘭とこの千晶を交換してやろうと思ったのに、奴はそれすら拒んだのか」

「悪いが高山様は何も知らぬ。俺が勝手に来たのだ」

「だったら帰って、連れてこい！」

「断る――」

藪坂はすぐ答えた。

「お蘭は、私の娘だ。おまえたちに渡すわけにはいかぬ」

「な、なんだと……!?」

馬場が驚くと、沢井も意外な顔になって、藪坂を見つめた。ゆっくりと前に足を出しながら、藪坂は刀の柄に手を掛けて、

「昔、惚れた女がいてな……娘が生まれたばかりだったが、俺はその頃、蘭学に精を出していたから、お蘭と名付けた」

「…………」

「しかし、しがない貧乏学者だ。金を稼ぐには医学を究めねばと長崎に行ったが……そっちにも女ができてな。江戸にはしばらく帰らなかった……女房と娘には、とんでもない苦労をさせた。だから、ここで、お蘭を死なせるわけにはいかないんだよ」

その話を、じっと聞いていた千晶は悲しそうな目になって、

「――せ、先生……そうだったの……」

「だがな、千晶を犠牲にするわけにはいかない。おまえは医者としては半人前だが、まだまだ長い人生がある。高山様と一緒に、深川の人たちの面倒を見てくれなきゃな」

藪坂が優しい目で頷くと、馬場は苛ついて、

「なにを、つまらぬことを……！」

と刀を抜こうとした。

だが、藪坂が別人のような素早い動きを見せた。スッと横に飛んで、沢井を後ろ向きにするのと同時、抜刀して喉元に押し当てていた。わずかでも動くと、その喉は血を噴き出すに違いない。

「！……」

声にもならず、沢井は微動だにできない。

「動くな！　妙な真似をしたら、こいつが死ぬッ」

硬直する馬場とその手下たちだが、藪坂は沢井の腕も後ろに捻り上げており、じりじりと千晶の方に近づきながら、

「縄を解け！　千晶の縄を解くのだ！」

その藪坂の気迫に押されて、手下たちは思わず縄を解いた。とたん、千晶は藪坂の方に駆け寄る。柔術の心得があるから、気丈に馬場たちに向かって、

「どうしようもない奴らだねッ。人の命をなんとも思っていないのかい」

と声を張り上げた。

馬場は苛ついた顔から憎しみに溢れた表情に変わり、

「構わぬ。沢井が犠牲になっても構わぬから、こいつらを殺せえ！」

と叫んだ。

一瞬、戸惑った手下たちだが、馬場は声を強め、

「グズグズするなッ。本多様も承知の上だ」

と物凄い形相になった。その顔を目の当たりにしながら、沢井の脳裏に、

——命を大切にするのだな。ましてや、本多のような男のために、一色様を裏切ることこそ恥だ。徳川家縁りの雑賀黒門党も地に落ちたものだな。

そう言って立ち去った、遠山の姿が蘇った。斬ろうと思えばできたはずだが、情けをかけられたのだ。その時は、惨めな気持ちになったが、遠山に比べ目の前の馬場はなんと冷たい男なのだ、と思った。本多も同様だ。

「殺せえ！」

馬場が命じると、手下たちが一斉に躍りかかった。藪坂はまるで沢井を守るかのように横に押しやると、攻め込んでくる手下たちの刀を弾き返した。

「今だ、沢井！　殺れえ！」

と大声を、馬場は発した。沢井は抜刀するなり、藪坂の背中を目がけて斬りかかった——かに見えたが、馬場の手下たちを打ち払って、

「逃げろッ」

と千晶を押しやった。

「早く逃げろ！　藪坂先生、あんたもだ！」

沢井は両手を広げると、馬場を睨みつけたまま、山門の方にふたりを押しやった。思わず藪坂は、千晶の手を引いて閂を開けて、外に飛び出した。

「多勢に無勢。おまえさんも早くッ」

藪坂は沢井に声をかけたが、沢井はフッと笑うと、自ら扉を閉めて閂をかけた。外に出された形の藪坂と千晶はアッとなって、一瞬、立ち尽くした。

「どうするつもりだ、おい！　無茶はやめろ！」

藪坂は叫んだが、沢井はもはや返事をせず、黙って馬場に切っ先を向けた。

「――沢井……何の真似だ」

「もういい。本多様には辟易した……我が殿、一色駿河守のために、偽の姫を差し出した上に、裏切る形にもなったが……本多様にとっても、おまえにとっても俺はただの捨て駒みたいなものだったのだな」

「この期に及んで、愚痴か。あんな町医者たちを庇って何になるのだ」

「おまえたちよりも、ずっとずっと立派な人間だよ。人の命を救っている。遠山様もそうだ。命が一番だと俺を見逃した」

「馬鹿か、おまえは。どけい！」

「ここからは、俺が絶対に通さぬ……さあ、今のうちに逃げろ！」

門の外の藪坂と千晶に声をかけて、沢井は両手を広げて立ちはだかった。馬場は歯がみして刀を振り上げると、「やれ！」と命じた。手下たちは一斉に斬りかかったが、沢井はひとり、またひとりと斬った。

阿修羅のごとく戦うが、ついに沢井の刀が飛ばされた。さらに、膾のように斬られながらも、沢井は門の閂に凭れかかり離れようとしない。

その背中に近づいて、馬場がバサッと一太刀を浴びせた。が、沢井は振り返りざま、白刃取りのように刀身を両掌で挟み、目をカッと見開いて、馬場を押し返した。

「貴様……！」

沢井の鬼のような気迫に、馬場は思わずたじろいだ。次の瞬間、沢井は相手の脇差しを抜き払い、そのまま鞘に戻すような動きで、相手の腹に突き刺した。

「う、うがっ……！」

悶絶する馬場を地面に押し倒した沢井は、そのまま覆い被さり、自らの体を押しつけて脇差しをさらに深く刺した。

壮絶なふたりの姿を見て、手下たちは息を呑んで立ち尽くすのだった。

本堂の阿弥陀如来が、冷ややかに見下ろしていた。

七

「——それで、千晶の様子は……」

驚きと心配の顔で、和馬が問いかけると、藪坂は頷きながら、

「大丈夫です。だが、最後の最後に身を挺して俺たちを助けてくれた沢井という人は、本多の側用人と相討ちで果てたようです」

「なんと……」

「肝心の綾姫の容態が良くなったので、すんなり縁談を決めれば、お蘭のことなど、どうでもよくなるはず……なのに執拗に命を狙ってくるのは何故なのか」

「そのことだがな。どうやら、信一郎様は綾姫ではなく、お蘭を嫁に貰いたいらしい」

和馬が答えると、藪坂は「えっ」という顔になって、

「どういうことです……?」

「信一郎は龍雲寺で初めて会った時、本当に一目惚れしたらしく、もう寝ても覚めても〝綾姫〟のことばかりになったそうなんだ」

「そうなのですか……」

「だから、居ても立ってもいられなくなり、一色の藩邸まで自ら密かに出向いたらしい。そして、綾姫に会ったのだが、なんとなく違う気がしながらも……」

龍雲寺での事は申し訳ないと謝ったらしい。

「すると、綾姫は父親の駿河守から聞いていた〝身代わり〟の話を正直に話し、深く謝ったらしい。ところが、信一郎の方は、『それが本当なら良かった。私が会いたかったのは、龍雲寺で会ったあの〝綾姫〟なのだ』……と探し始めたらしいんだ」

「これまた浮世離れした若君だなあ……」

「という次第で、本多様としては、お蘭を亡き者にしないと、いつまでも若君が執心するどころか、一色家との縁談が壊れることで、己のなんらかの計画が崩れると思っているのであろうな」

「そっちの方こそ、よほどの執着心ですな」

藪坂はすっかり呆れ返ったが、和馬は何故、脅し文を自分に届けず、ひとりで千晶を助けに向かったのだと訊いた。

「ええ……すぐにも和馬様にお知らせすべきだと思いました。ですが、そうすれば、あなたなら必ず死地と承知で乗り込んでいくに違いない。私は自分とあなたを天秤にかけてみました。和馬様の方が遙かに重うございました」

「何を馬鹿な。先生らしくない。命に軽重はない」

「いいえ。私に代わる医者は幾らでもおります。竹下や宮内も立派になってきた。ですが、和馬様のように、すべてを犠牲にして人々を救済する御仁はいない。本当に、あなたのお陰で、深川の病人たちは助かっているようなものです」

「実際に助けているのは、藪坂先生……あなたです。俺なんか風邪薬ひとつ調合できぬ。今後、そのようなことは言わないでくれ」

「………」

「それとも、いつも厳しくしているが、本当は娘のように可愛がっていた千晶のことが心配で、居ても立ってもいられなかったのだろう」

「いや、それは……和馬様の嫁にいく夢も叶えてやりたいしね」

「おいおい。勘弁してくれ。あんなお転婆は懲り懲りだ」

和馬は笑っていなしたが、

「そう言いながら、先生の言うとおり、千晶のために命をかけたでしょう。本当は心底、惚れておりますから」

そう笑って言いながら、吉右衛門が廊下から入ってきた。

「なんだ。年寄りのくせに、からかうな」

「年は関わりありますまい。それより和馬様……少なからず信一郎のことを存じている私としては、その気持ちを大切にしてやりたいと思います。お蘭を望むなら……」

「そうは言ってもな。相手は十万石の大名で老中首座の息子。お蘭の方は何処の……」

「藪坂先生の娘ならば、相手も考えるのではありませぬか。先生も、越後のさる大名の藩士であったこともあるのですからね」

「ええっ。そうなのか！　お蘭は、先生の娘だったのか」

「はい。千晶の話では……」

吉右衛門が言うと、藪坂は「違う違う」と手を振りながら、

「ご隠居。その話は出鱈目だ。あの場で、とっさに出た嘘だ。お蘭を連れてこなかった言い訳に思いついただけなんだ」

と言って、深々と頭を下げた。だが、吉右衛門は微笑んだまま、

「本当に……？　それにしては真に迫っていたと、千晶は言ってましたがね」

「まあ……似たような話は私にもあります。私の子を孕んだ女を捨てて、長崎に行ったことがありますのでね。その後、その女は産んだ娘とともに、良家に嫁入りしました。申し訳ない話ですが……」

「ほう。だから芝居がかってなかったのかもしれませんね。はは、藪坂先生にもさような過去があるとは、少しばかり安心しました」

「安心……」

「ええ。人は負い目のひとつやふたつなければ、優しくなれないものですよ、ふほほ」

吉右衛門はニコニコと笑っていたが、和馬を見やると真剣な目つきになって、

「かくなる上は、本多の本当の狙いを暴いて、少々、痛い目に遭ってもらいますかな、和馬様……元々は、あなたが本多の不正を炙り出したそうですからねえ」

「うむ……俺も少しばかり腹が立ってきた。胃の底の辺りが熱くなってきた」

「近頃、食い過ぎではありませんかな」

「戯れ言を言っているときではあるまい。さてと、久しぶりに暴れるか」

和馬は勢いよく立ち上がった。

その足で——本多の屋敷に来ると、まるで待ち伏せていたかのように、大勢の家臣が束になって出てきた。

玄関の取次には、本多も自ら姿を現して、

「これはこれは、わざわざ死にに来てくれるとは、ご苦労。今度こそ、お蘭を連れて

参ったのかな」

と声をかけた。

「一別以来でございます。その節は、あなたの裏金について追及しきれず、江戸家老の切腹で済み、御家も藩も安泰。評定の末、あなた様も老中を辞しただけで手打ちとなりましたな」

「いつの話をしているのだ」

「今も相変わらず酷いことをしてますな。近頃も、あなたのことを探索していた大目付が、永代橋の下で死体で上がりましたが、遠山様はいずれ証を立てましょう」

「…………」

「かくも恐ろしい人に、幕政など任せられるわけがありませぬ」

和馬が説教じみて言うと、本多は薄笑いを浮かべ、

「馬鹿かおまえは。香取のような腑抜けが老中首座におるから、見てみろ……周りはもっと情けない幕閣ばかりだ。遠山とてその配下ゆえ、生ぬるいのだ」

「生ぬるい……」

「そうではないか。お蘭という綾姫の偽者ひとりのことで、かような騒動を起こしておることがだ」

「そのお蘭に、信一郎様は心底、惚れたとのこと。もはや一色家と香取家の縁談はなくなりました。つまり、あなたの考えていたこともすべてご破算でございます」

睨みつけた和馬の態度が癪に障ったのか、本多は家臣にでもするかのように、扇子を投げつけた。その先が和馬の額に命中した。いや、和馬の方から額を向けたようにも見えた。薄っすらと額が赤く滲むのを見て、本多はさらに憎たらしそうに、

「たかが小普請組の旗本が、何を偉そうに……鬼の首でも取った気分かッ」

「鬼ならまだマシです。神様として祀られる鬼もおりますからな。あなたはただのクズです。人間のクズどころか、虫けらにもなれぬクズ中のクズで、地獄にも入れぬほど、腐りきったクズです」

「言わせておけば……！」

本多が自ら刀を抜き払うと、和馬を取り囲んでいる家臣たちも同時に刀を抜いた。だが、和馬はまったく揺るぎない目で、

「殺したければ、どうぞ。ですが、私が本多屋敷に来ていることは、上様はもとより、香取様はじめ幕閣の方々、大番などの番方、各奉行、旗本五千騎に御家人二万人……誰もが承知しております」

「！……」

「この屋敷の外は、すでに二百人余りの者が取り囲んでおりますれば……私は最後の公儀の使者として、こうして参ったのでございます」

「最後の使者……だと」

「評定所の吟味役と思って下されば結構です。あなたの出方次第では、今度こそ、代々続いてきた名門の本多家は潰され、飛騨守様も切腹となります。逆らえば、あなた様を斬ってよいと、幕閣一同に命じられておりますれば」

まるで評定所の代表として来たかのような言い方に、本多は一瞬、目から鈍い光を放ったが、和馬は畳み込むように言った。

「むろん上様も承知の上です」

「上様……」

本多は逆に、上様と聞いて苦笑を浮かべた。さらに込み上げるように体を震わせながら、大笑いするのであった。

八

和馬は身動きもせず、本多を睨みつけ、

「愉快ですか。そんなに自分がやらかしたことが、楽しいですか」

と一歩だけ前に出た。

本多は刀の切っ先を向けて、不敵な笑みを湛えながら、

「上様がなんだというのだ……ふん。下らぬ人間、いやクズとは儂ではない。上様のような者をクズというのだ」

と明瞭な声で言った。誰憚(はばか)らぬ言い様に、和馬も笑って、

「さようですか……あなたが、ここまでして再び権力を握りたいのには、上様に会うために、どうしても香取様のお口利きが欲しかったからなのですね」

「…………」

「かの龍雲寺で、藪坂先生はどうしても沢井殿を救いたくて、千晶を安全な所に匿ってから、再び乗り込んだそうです」

和馬はさらに一歩、本多の切っ先に向かって進んだ。

「その時、虫の息だった沢井殿は、藪坂先生にこう言ったそうです」

すでに絶命している馬場を置き去りにして、家来たちはいなかった。すぐさま、本多に報せに走ったのであろう。

『ほ、本多様が此度の婚儀に、殊の外、執念をお持ちなのは……香取大和守様のお口

利きが欲しかったからです……実は、本多様は……老中の座を追われた後に……上様の……とんでもない秘密を掴みました』

『上様の秘密……？』

『もはや会える立場ではない本多様は……何度か面談を求めましたが……上様は本多様のことを嫌っておりましたから……お許しになりません……ただ、上様とふたりで話したい……その場で上様を脅し、自分の手で天下を掴みたい……それが本多様の執念なのです……』

そこまで話して、沢井は息絶えた。和馬はそう伝えてから、

「沢井殿が、上様のどのような秘密を本多様が掴んでいるのか、そのことまでは知らないのか、あるいは話す前に息が……」

と睨みつけた。

「むふふ……さような戯れ言。誰が信じる」

「雑賀黒門党は今、沢井殿の意趣返しをするべく、その秘密とやらも調べ出して、あなたの命共々、葬るつもりです……でないと、上様がお困りになると、一色駿河守も案じてるようですからね」

和馬が挑発するように言うと、本多は冷ややかな笑みを浮かべて、

「さてもさても愚かな者たちよのう」

と切っ先を突きつけたまま、

「上様直々の命で、幕閣どもも躍起になって儂の屋敷を取り囲んだのは、その秘密を漏らされたくないからに他なるまい」

「…………」

「ならば、冥土の土産に聞かせてやろう。知れば、おまえもつまらぬ輩どもと同じ穴のムジナだと思い知るであろう」

本多はおかしみを堪え、そして、まるで目の前に将軍がいるかのように、

「上様……御簾の中で、狼狽する顔が目に浮かびまする。それがしは、大奥御年寄の瀧川から直にハッキリと聞いたのでございますよ……あの夜の一件を」

障子の向こうに男女の影がある。それは将軍とお手付き奥女中の美奈だ。美奈は嬉しそうに戯れながら、激しく抱き合っている。

『あはは……上様……くすぐっとうございまする……おやめ下さいませ……おほほ……首はやめて下さい……ああ、苦しい……』

と、ふざけているように見えたが、突然、奥女中がグッタリと崩れ、声も出なくなった。将軍の床入りの折は、襖を隔てて他の奥女中が監視することになっている。御

年寄や御中﨟（おちゅうろう）など身分の高い者が担うこともある。

異変を感じて床を見やると、まだ若い美奈は目を見開いて絶命していた。

「上様……あなた様はたわむれに奥女中の首を締めて、誤って殺してしまった……上様は瀧川に口止めをなされ、病死扱いにしたそうですが、はは……瀧川は元々、私の女も同然で、大奥に送り込んでいたのです」

「………」

「大丈夫でございますよ、上様……瀧川もモノの弾みで誰かに喋るかもしれませぬ。ですので、大奥から下がらせ、私の手で口封じしております……ふふふ。秘密を知る者は、今や上様とそれがしだけ。お気の弱い上様は、もはやそれがしの掌で操られるしかないのでございます……ただの操り人形として踊るしかないのでございます……ふふふ、ははは！」

大笑いする本多を、和馬は気味悪げに見ていたが、ふと一方に現れた人影に気づいて、息を呑んだ。

「――誰だ……」

「すでに公職を離れて久しいおぬしだが、月下氷人のふりをして、我が世の春を再びとは恐れ入った。ちなみに私は〝月下老人〟という唐（とう）の予言者……読みが外れて、悲しいわい」

「なんだ、おまえは」

「本多様は本来なら、まだまだ幕閣にあって、世を司らねばならぬ御仁だ。そんなに上様に会いたいのなら、香取大和守の手を煩わせなくとも、すぐにでも言上致しましょうか」

薄暗い所から現れて、行灯の明かりに浮かんだ姿は——吉右衛門であった。

本多は凝視して見据えたまま、

「誰だ、おまえは……」

「お忘れか。まあ、仕方ありますまい……おまえ様も十二、三の頃には神童と呼ばれ、いずれは立派な学者か老中かと、学問の師たちを驚かせておったが、やはりその地位につけば、色々なことに目が眩んで堕落してしまうのだな」

「なに……？」

「〝月下老人〟なのでな、代々の将軍から、いずれ幕閣になるに相応しい人材を、学問はもとより武芸に秀で、情け深く心技体ともに優れた者を探してくれと頼まれておりましたが、どうも目が曇っていたようじゃ」

「…………」

「ほんに申し訳ないことをしたと思うておる。上様にではない。おぬしにじゃ……もし、老中なんぞに推挙しておらなかったら、おぬしが普通の武家暮らしをしておれば、身近な者に優しい和馬様のような暮らしをしていたやもしれぬ」

「――頭がおかしいのか、爺イ」

煩わしげに刀を振り廻そうとしたが、不思議なことに凍り付いたように動けなかった。手足だけではなく、瞼も動かせず、じっと吉右衛門のことを見ざるを得なかった。

「本多飛騨守。あくなき権力への復活を夢見るは、おぬしの勝手である。たしかに、香取大和守と違って、色々な改革に大鉈を振るえるやもしれぬ。なれど、そのために何ら関わりなき娘を、虫けら扱いにして抹殺せんとするは許しがたし！」

「う、うぬぬ……」

刀を動かそうとするが、やはり硬直したように動かない。

「その上に、本多飛騨守……おぬしが密かに秘密を摑んだことは、私も知っている。いいや、すでに上様もご存じで……瀧川が上様の仕業に見せかけて殺したことも、承知しておる。それでも上様は、大奥での出来事ゆえ、死んだ娘の家に使者を出し、謝罪しておる」

「⁉……なんと、そこまで知っているとは……」

「諦めるがよい。もはやおまえが、陰謀を巡らす余地などないのだ」

「だ、黙れ！　貴様ごとき老いぼれに、儂の野望を……」

と言いかけたが、硬直していた本多の体は、急に糸が切れた人形のように、その場に頽れてしまった。だが、吉右衛門を見上げて、

「も、もしや……あなた様は……き、吉右衛門様……あの福の神の……」

「…………」

「父上が突然、亡くなり……藩の行く末も分からなくなり、家臣たちがどんどん去っていき、本多家がどん底に落ち込んだときに……飄然と現れて、まだ年端もいかぬ私に希望を与えてくれ……助けて下さった……！」

「ほう。ようやく思い出してくれましたか……ですがな、もう遅い。自業自得というものだ……よく考えて、己がやるべきことを見極めるが宜しかろう」

吉右衛門が厳しい声でそう言うと、本多はその場に座ったまま、まるで子供のようにわあわあと泣き出した。

家来たちは、一体何が起こったのかと、口をポカンと開けて見ていた。だが、和馬がパンと手を叩くと、家臣たちは驚いて、刀を鞘に納めてから、本多同様にその場にひれ伏すのであった。

その後――。

本多は評定所にて吟味された上で、前の事件のことはもとより、上様を貶めようとしたこと、此度の大目付殺し、はたまたお蘭を使っての陰謀などが明らかにされ、潔く切腹をした。だが、それはあくまでも飛騨守自身の悪事として、本多家は遠縁の者が継いで、かろうじて残された。家臣らが路頭に迷うからである。

お蘭は晴れて、香取家の若様の嫁になることになった。その前に、一色家の養女として、そこから出すこととなった。作り話をした駿河守の罪滅ぼしでもある。ちなみに綾姫は、もっと大きな三十万石の大名に嫁ぐことが決まった。

千晶は今日も一生懸命、働いているが、

「――先生……私も、先生のこと、本当の父だと思って、これからも精進します」

と言葉に出して感謝を述べた。

藪坂は照れ臭がりながらも、和馬のところに嫁に行くまで面倒を見ると約束した。しかし、肝心の和馬がなぜか深川診療所に来ることが少なくなった。

「どうして、私のことがそんなに嫌なのかしら……」

むくれる千晶に、腰の治療に来ていた吉右衛門が笑って答えた。

「和馬様はまだまだ修行が足りぬから、私が離れるわけにはいかぬ。もし、私が離れたら、きっと悪い道に進むやもしれぬのでな」

「まさか……」

「いや。人というものは、苦労しているときには『負けてなるものか』と自分の心に素直に頑張るが、ひとたび甘い汁を吸うと、人への感謝も忘れ、重ねてきた苦労をすべて無駄にするようなことに手を染める」

「でも、和馬様に限って……」

「もし止める手立てがあるとすれば、それは良き伴侶に巡り会うことだ」

「えっ。ということは、私がその役目ってことですか」

「さあ、それは私にも分からぬ。なにしろ、予言が外れてばかりなものでな」

「予言……？」

「いいや、なんでもない。ああ、その腰……もそっと下の方が痛い……」

吉右衛門は顔を顰(しか)めたが、千晶は「もう」と怒ったように強く押した。悲鳴のような声を上げる吉右衛門を、千晶はさらに笑いながら、ぐいぐいいたぶるのだった。

深川の空には、何十羽もの渡り鳥が気持ちよさそうに飛んでいた。

第三話　老木の花

一

札差『津軽屋』という看板が、宵闇の中に薄っすらと浮かんでいる。空には三日月があるだけで、辻灯籠はすでに消えていた。

堂々とした店構えで、闇の中にあっては威圧的に聳え立つ巨塔にすら見えた。おいそれと人が近づけない雰囲気に包まれている。

だが、その看板の下に――黒装束の男が足音も立てずに近づいてきて、不敵な顔で軒看板を見上げた。

黒装束はひらりと塀に飛び上がると、屋根から屋根へ、音もなく跳ねて移る。軽やかに舞う影は、まさしく人ではなく、影が移動しているようにしか見えなかった。

パッと瓦屋根に伏せた黒装束の目が、鋭く前方を凝視した。キラリと光る眼下には、『津軽屋』の内庭がある。正面には、母屋とは別棟になった白壁の大きな蔵があった。

その大きな蔵の裏手は掘割に面しており、母屋から来た数人の人影が、裏木戸を開けて、掘割沿いの道に立った。

どうやら店の者たちらしい。

主人の徳左衛門、番頭の伝兵衛、そして並んでいる数人は手代ではなく、用心棒らしい浪人たちばかりであった。顔はハッキリ見えないが、腰には一本だけ刀を差しており、いずれも屈強な体つきだった。

やがて、微かな櫓の音が聞こえはじめ、掘割沿いにある船着き場に、小さな伝馬船が横付けにされた。

「遅かったではありませんか」

徳左衛門が声をかけると、船頭は申し訳なさそうに、

「中川船番所で少々、手間取りました。入鉄砲に出女は、今の世でも厳しくて……」

「役人に変に勘繰られなかっただろうね」

「それは案ずるに及びません。へえ、こちとら長年、それで飯を食ってやすんで」

船頭が低姿勢で答えたが、徳左衛門は少しばかり苛ついた顔になった。商人にして

は面相が悪く、見方によっては極道の親分にすら感じるほど、ぞっとするものだった。

「船頭さんや。遅れたくせに、言葉に気をつけなさいよ。おい……」

徳左衛門が顎で命じると、浪人たちが一斉に船から米俵を運び上げた。

浪人のひとりが、米俵に小刀を突き立てて引くと――。

中から現れたのは、千両箱だった。

それを屋根の上から見ていた黒装束の目がギラッと光った。

陸に積み上げられた千両箱は五つ。それをそのまま、浪人たちが屋敷内の蔵の前まで運び入れた。番頭の伝兵衛が蔵の錠前に鍵を差し込んで、重々しい扉を開くと、その奥にはさらにもうひとつ鉄扉があった。

伝兵衛は鉄扉の鍵も開けてから、浪人たちに、

「先生方。お願い致しますよ」

と丁寧な口調で言った。先生とは呼んでいるものの、どう見ても浪人たちの方が扱き使われている様子だった。浪人たちは人足のように、せっせと奥に運び込んだ。

――こいつは厳重なんて、シロモノではないいな……。

黒装束は誰にも聞こえないように呟いたが、鉄扉の奥を見ていた目がさらに驚きに見開いた。そこには、うず高く積まれた千両箱が、数えられないくらいあったのだ。

「⁉――こ、これは……」

いくら札差とはいえ、蓄えているはずの米俵よりも沢山、千両箱があることに驚きを隠せなかった。むろん、札差は金貸しもしており、下手な両替商よりも稼いでいる。それにしても、あまりに多すぎる。

黒装束は扉が閉まるまで、じっと見ていたが、震えが止まらなかった。


翌朝――小さな釣り堀で、吉右衛門は鯉を狙っていた。たまには鯉こくでも食べて、精を付けたいと思いついてのことだった。

さすがに近頃は、吉右衛門も足腰が弱くなったのに加えて、妙に腹の具合もよくない。みんなが「仙人のように元気ですね」と褒めてくれるが、自分の体は己が一番よく分かっている。疲れて、すぐに眠くなるのも、情けないと感じていた。

そんな吉右衛門に向かって、隣に座って竿を投げ出した和馬が、いきなり「おまえ、盗人になれ」と命じた。

「はあ？　何をおっしゃってるのです」

歯牙にも掛けぬ顔で、吉右衛門は釣り糸の先をじっと見ていた。水中の鯉の姿は見えるのに、なかなか餌に食らいついてこない。物事もそうである。すぐに手が届きそうなのに、なかなか始末に負えぬことは多々あった。

「おまえに向いている仕事だと思うがな。吉右衛門……年の割には体は子供のように柔らかいし、そのくせに足腰は強い。ぴったりだと思うのだ、盗人に」

「近頃は暇過ぎて、妄想でもしておりますのか、和馬様は」

「まあ、そう邪険にするな」

「邪険になんぞしておりませぬ。人が釣りに集中しているときに、やる気のない者が隣で、ごちゃごちゃ言ってくるのが迷惑なのです」

「邪険にしてるじゃないか。まあいい。順を追って話せば、こういうことだ」

和馬はまるで寺子屋の師匠が子供に語るかのような口振りで、

「まず、蔵前の『津軽屋』という札差が、密かに莫大な金を集め、屈強な浪人者を数多く雇い入れているのがハッキリした」

「ハッキリって、何の話です」

「順を追って話すと言ったはずだ」

「――へえへえ」

「そこで、『津軽屋』は何か大事をやらかそうとしている。そうに違いないと俺は踏んだ。むろん、俺だけではない。前々から、北町の遠山様も調べていたらしい」

「さいですか。大事ってなんですか」

「謀反の疑いがある」

毅然と断じた和馬だが、商人が謀反とは意味不明だと吉右衛門は返した。

「おいおい……おまえだって、本当は知ってるだろ。『津軽屋』ってなあ、御三家のひとつに通じるさる名家の手厚い保護のもとにあり、その名家というのが、これまで一度ならず謀反を企てた物騒な御家柄なのだ」

「御三家のひとつであるさる名家……などと勿体つけた言い方をせずに、尾張藩に通じる河喜多家とハッキリ言えばよろしかろう」

「知ってるではないか」

「まあ、それくらいのことは耳にしております。河喜多の現当主は、元を正せば神君家康公がご先祖に当たりますからな。ですが、その河喜多家がなんだというのです。今は尾張の片隅で、小さな所領を貰って、細々と暮らしていると聞いてますがな」

吉右衛門にとってはやはり、どうでもよいことのようだった。目先の鯉に目を取られているだけだ。和馬はビシッと竿先で水面を叩いて鯉を驚かせた。

「何をなさるのです……今、食らいつこうとしていたのが、見えなかったのですか」

「見えていたから叩いたのだ。まだ若い鯉だった。俺たちに食われてしまっては、あまりに可哀想であろう」

「鯉の年齢が分かるのですか」

「まあな……とにかく細々と暮らしているなどというのは表向き。当代藩主の貞之殿は野心家も野心家。畏れ多くも将軍にだってなれる血統であり、才覚があると思い込んでいるのだ」

「なるほど……」

吉右衛門は分かったように頷いて、

「遠山様は、下手に『津軽屋』を召し捕って調べたりすれば、却って河喜多家を挑発してしまうことになる。それが、謀反へと煽る結果になるかもしれない……そう考えておるのですかな」

「さすが、吉右衛門。もし、そんなことになれば、関わりのない人々が、意味もなく大勢死ぬかもしれない」

「それで、なんで私が盗人をしなければならぬのです?」

「分からぬか」

「まったく分かりませぬ」

「おまえのことだから、すぐに察すると思ったのだがな、残念至極……」

和馬は呆れたように言ったが、吉右衛門は淡々と、

「軍資金が消えれば、しぜんと謀反も立ち消えになる。だから、『津軽屋』の金を盗めというのですね」

「……分かってるではないか」

「ですが、千両箱が何十個もあるのでしょ。それをぜんぶってのは無理じゃありませんかねえ。それこそ、何十人もの大群で押し込まないと無理でございましょ」

「さよう。それを画策している」

嬉しそうに和馬は笑って、また竿で水面を叩いた。

「問題は『津軽屋』の堅牢な蔵だ。盗み出す手立てはともかく、金蔵の錠前を破るとなると、どうしても腕利きの錠前破りが要る」

「私にやれと？　なんでもできる器用な手をしているから、やれと？」

「いや。俺が見た限りでは、あの錠前はおまえには無理だろう。二重三重になっておって、千両箱も鎖で縛った上で、さらに鍵をかけておる」

「へえ……さいですか……」

「そこで思い出したのが、〝素通り（すどお）りの幹太（かんた）〟という名人だ。どこにでも、スイスイ入るから素通り……というのがいるから探し出せってのが、遠山奉行のお考えだ」

「町奉行が盗人をさせるとは、世も末ですな……」

「天下を揺るがす謀反と天秤にかけたってとこかな。まあ、俺は遠山様の手下ではないし、どっちでもいいが……そういう話を聞けば、おまえが何とかしたくなると思ってな」

「さいですか……鯉を釣って、あらいにして食ってから考えましょう」

「おっ。さすがは吉右衛門。盗人を悉く洗い出すつもりなんだな」

その時、吉右衛門がエイッと竿を引き上げると、肥った鯉が水面から高く跳ねた。

二

深川材木置き場の近くには、木賃宿が何軒か並んでいた。関八州から集まった普請人足たちが、自炊しながら泊まる宿である。

もっとも、江戸で急ぎ働きをした盗人が潜んでいる〝泥棒宿〟との噂もあった。

その片隅の一軒は、畳は磨り減り、障子は破れ放題で、臭いような薄汚い宿で、数人の男たちが額を寄せ合って、何やらひそひそと話していた。どう見ても、まっとうな人足ではなく、人を働かせてピン撥ねしている輩か、遊び人のようだった。

すると——天井に鼠が這うような音がした。

男たちがすぐに見上げると、メリメリと天井板が破れ、ドテンと誰かが落ちてきた。手拭いで頰被りをし、裾を捲り上げて帯に挟んでいるが、鈍くさそうだった。

「誰でえ！」

いきなり三人ばかりが立ち上がって、天井から落ちてきた男を取り押さえた。

「す、すみません……とんだ失礼をば致しました……」

男の頰被りが乱暴に剝ぎ取られると、蟹のように這い蹲ったのは、なんと吉右衛門であった。見るからに年寄りだったので、逆に木賃宿の男たちは驚いた。

「な……なんだ、てめえは！」

「へえ。独楽鼠小僧・次郎吉右衛門というケチな盗人でございます」

「長ったらしい名前だな」

誰かが小馬鹿にしたように言うと、吉右衛門は押さえつけられたまま、

「はい。自分でも名乗っているうちに呂律が廻らなくなって、それで捕まりそうになったこともあります」

と言いながらも、上座でデンと構えている、貫禄のある中年男に向かって声をかけた。

「実は、砂煙の文左親分に、たってのお願いがあって参りました」

「俺の名を知っているのか」

煙管を吹かせながら、文左と呼ばれた男が睨んだ。

「そりゃもう、親分の盗みの手際よさと猫が砂を蹴散らして逃げるような速さは、町方を翻弄してますからね。私みたいに同じ所をグルグル廻ってる鼠とは違います」

「ふうん。そうかい……」

文左はまんざらでもない顔になって、

「だから、とんでもない所から忍び込んできたってわけかい」

「はい。表にはちょっと怖い人たちがいますし、まともに来ても会わせていただけそうもないもんで、思い余ってこんなことに……」

「年寄りの火遊びが過ぎるぜ。こいつら気が短いから、下手したら殺してた」

吉右衛門はわざとらしく、ブルブルッと震えた。

「で……俺に用ってのはなんだ」

「はい。実は、〝素通りの幹太〟ってやろうを探しているんです」

「そいつが、どうした」

幹太のことなら当然知っているかのように、文左は答えた。

「私が何年か前、博打に負けて簀巻きにされて殺されそうになったとき、金を払ってくれた上に、私を助けてくれたんです。こんな老いぼれでも、昔は少しばかり盗みも上手かったんで、幹太は私のことを知ってて……」

「それで……？」

「恩返しをしたいんですよ。あの時、払ってくれた金を返さないことには、盗人としてどうも寝覚めが悪くてね。何処にいるか、教えて下さいませんか」

「妙な爺イだ……さあな、居場所までは知らねえな」

　吉右衛門は実に残念そうに項垂れて、

「――さいですか……でも、どんな大盗賊でも、鍵師〝素通りの幹太〟の匠の技がなければ、何処の蔵にも忍び込めないって話は、私のような三下の耳にも入ってます」

　と言うと、文左は厄介払いでもするように、煙管の煙を吹きかけた。

「つまらねえことで俺を煩わせるんじゃねえ」

「申し訳ありません。ですが……少しばかり耳寄りな話が……」

　吉右衛門は煙を振り払う仕草をしながら、文左の側に寄って、こそこそと何かを話した。すぐに、文左は目をギョロリとさせて、

「本当か……」

と訊き返した。吉右衛門は何度も頷きながら、人差し指を鉤形に曲げて、

「長年、これで飯を食ってやすから、裏の裏の話だけは色々と……ですから、文左の親分さんにとっても、かなり良い稼ぎになるかと思います。でも、あまり他の者には言わない方が賢明かと思います。先を越されては、元も子もありませんからね」

と曰くありげな顔つきをした。

「おまえは年寄りだから、歯も悪いだろうけど、朝飯に納豆は食うだろ」

「ええ。大好きです」

「なら、丁度よかった。日本橋や神田辺りじゃ、すっかり贔屓が多い『六文屋』という納豆屋を知ってるかい」

「そりゃもう。私も何度も食べてます」

「だったら、永代橋を渡って南新堀町にある『六文屋』に行ってみるがいいぜ」

「そこに何か……」

「行ってみりゃ分かるよ。だが、今、おまえさんから聞いた話、こっちに廻すんだぜ。なあ、爺さん。約束だぜ」

欲深い顔になって、文左はニンマリと笑うのだった。

日本橋川には所狭しとばかりに、川船が常に往来している。櫓の音が喧しいくらいであるが、この賑わいが江戸の風情でもある。

南新堀町は湊橋から豊海橋辺りまであり、古は一面茅の原だったが、元和の頃、川筋に運河ができたことで、酒問屋や醤油問屋、酢問屋など、食べ物に関わる問屋が並び、その昔、かの河村瑞賢の屋敷もあったという。

その一角に、納豆屋にしては立派な店構えの『六文屋』があった。軒看板も年季が入って、重々しかった。

「ええ、納豆！　納豆はいかがですか！」

店先では、よく通る澄んだ声を上げて、十六、七歳の若い娘が呼び込みをしている。もう店は満杯なくらい客がいるのに、娘は通りに向かって声をかけているのだ。

さらに、この店から、天秤棒担ぎが納豆を買って、色々な町に売りに出かけている。『六文屋』の印半纏を着て、

「さあさあ、『六文屋』の納豆が来たよ！　さあさ、美味くて体に良い納豆、『六文屋』なら、なお一層、元気になるってもんだ！」

などと威勢よく市中を徘徊するから、店の屋号も人の耳に残っているのである。

江戸庶民は、大体、物売りから買う。それほど天秤棒担ぎと人々の暮らしとは密接

に絡み合っていた。物売りの声は、朝から晩まで賑やかで、野菜や魚、瀬戸物などの雑貨、油や炭、米でも、居ながらにして調達できるのだから、便利なものである。

天秤棒担ぎ、いわゆる棒手振は少量で安いのが売りで、納豆は四文、たたき納豆なら八文、豆腐は一丁で十二文、浅蜊、蜆などは一升で二十文、鰯なら十尾五十文、干し魚とか水菜、佃煮や漬物などなら四、五文で手に入る。

中でも、納豆売りは子供が真似をするくらい広がっており、

「なっとう、ええ、なっとなっとう、なっとう！」

という呼び声で、朝の目覚まし代わりにもなっていたくらいである。

「今日も元気だなあ、お光ちゃんは」

納豆売りの娘の肩が、軽くポンと叩かれた。

「はい。毎度ッ」

と振り返ると、若い漁師の男がいる。

「なんだ、平吉さんかあ」

「そんな言い草ないだろ。お光ちゃんにと思ってよ、ほら」

平吉と呼ばれた若い漁師は、江戸前で釣り上げてきたばかりなのだろうか、

「活きのいい鯊をこんなに持ってきてやったぜ」

と魚籠（びく）を見せた。

「悪いわね。平吉さんのお陰で、お父っつぁんは毎日、美味い魚が食べられるって、いつも上機嫌」

「なに、お父っつぁんには色々と世話になってるからよ」

平吉はニコリと笑ってから、

「それより、お光ちゃん。この先に新しい蕎麦屋（そばや）ができただろ。ちょっとどうだい」

「だめよ。まだ仕事中だし」

「いいじゃないか少しくらい。お光ちゃんがいなくたって、こんなに繁盛してるしよ」

「いや、いや……」

お光だって本気で拒んでいない。結構楽しそうに、引いたり引かれたりしている。

じゃれ合ってるふたりの前に、人相の悪そうなヤクザふうが数人、近づいてくる。

「へへへ、真っ昼間から、いちゃつきやがって。お安くねえな、ご両人」

「そう見せつけられちゃ、こちとら頭にくるぜ、おい」

ギクッと息を呑む平吉は、お光を庇うように立って、

「やめてくれよ。それこそ真っ昼間から、酔ってるのかい」

と言ったが、ヤクザふうは押しやった。

「なあ、お光……こんな魚臭えガキより、たまには俺たちと付き合いなよ」

乱暴にお光の腕を摑もうとする兄貴格に、平吉は思わず「何しやがんでえ」と突っかかるが、簡単に殴り倒された。それへ、子分たちがさらに蹴りを入れ続けた。

「く、くそう……！」

立ち上がろうとするが多勢に無勢、平吉ひとりでは思うようにならなかった。

「安心しな、小僧。おめえの代わりに、お光を俺たちがたっぷり可愛がってやるからよ……あ、イテテイテテ！」

兄貴分がいきなり膝を突いて悲鳴を上げた。びっくりした子分たちだが、平吉とお光も不思議そうに見ている。兄貴分は何者かに腕を捩じり上げられていた。

その腕を決めているのは――吉右衛門だった。

「いけませんねえ。顔を真っ赤にしたならず者が、若いふたりをいたぶるとは」

「て、てめえ……俺たちが誰か知ってるのか、おら！」

「知りませんよ。知り合いになりたいとも思いません。さあ、お帰りなさい」

吉右衛門が兄貴分を突き飛ばすと、他の子分たちが匕首を抜き放って、

「爺イだからって……承知しねえぞ！」

と一斉に突きかかった。

巻き上がる砂埃（すなぼこり）の中に、悲鳴と怒声が交錯するが、治まったときには、ヤクザふうたちはみんな昏倒している。

「ふたりとも、大丈夫ですか」

袖なし羽織の埃を払いながら、吉右衛門が声をかけると、平吉とお光はびっくりして見ていた。お光は素直に、「ありがとうございました。助かりました」と礼を言おうとしたが、平吉は半ばムキになって、

「なんだよ。邪魔しやがって……これから俺がのしてやろうと思ってたときに、余計なことしやがってッ」

「平吉さん。助けてもらったのに、なんてことを……」

「はは。悪かったな、平吉さんとやら。余計なことをしてしまった……おや、ここは『六文屋』じゃないか」

「あ、はい。うちのお店です。どうぞ、お礼に納豆でもひとくち」

「面白い娘さんだ、はは。なに、私も納豆には目がなくてな。棒手振からよく買ってたんだが、そうですか、ここがお店ですか」

吉右衛門が看板を見上げると、お光は店の奥に向かいながら、

「お父っつぁん……お客さんだよ。命の恩人だよ」

と陽気な声を発していた。

まだぶんむくれている平吉に、吉右衛門は微笑みかけ、

「悪かったな。私は吉右衛門という、見てのとおりの、しがない隠居です」

と挨拶をした。

が、平吉の方は面白くなさそうな顔で、そっぽを向くのだった。

三

店の奥に通された吉右衛門は、客の波が一段落した頃、初老のお光の父親が挨拶に来て、律儀に膝を整えた。

どこにでもいるごく普通の中年男で、商人らしい愛想笑いを洩らしているが、納豆を作る職人としての矜持もあるのか、背筋に芯が通ったような好ましい人物に見えた。

「お光の父親の、八五郎と申します。平吉共々、命を助けてくれたそうで、本当にありがとうございます」

「命を助けたというのは大袈裟ですが……」

「ううん。あいつらに連れてかれたら、私きっと舌を噛み切ってた」

「あのヤクザ者らは、娘さんや平吉さんのことも知っていたようですし、何か厄介なことでもあるのですか」

「ええ、実は……」

　と言いかけたお光を、八五郎は遮って、

「ご隠居さんはようちの納豆を食してくれているとか」

「はい。もうあれば毎日。粒の大きさといい、滑らかさといい、甘みといい……どれを取っても、もうたまりません」

「ああ、だったら……ね、お父っつぁん。丁度、昼餉だし、知り合いの佃煮屋から美味しいのが届いたばかりだし、ご一緒していただけませんか、ご隠居さん」

「それがいい。ご覧のとおり、殺風景な所ですが、納豆なら何処にも負けませんから」

　自信たっぷりに言って、八五郎はニコニコと自ら支度を始めた。

　やがて、たらふく飯をたいらげた吉右衛門は、膨らんだ腹を撫でながら、

「いやあ、食べた食べた……やはり満腹になったときが、人ってのは一番、幸せを感じますなあ……浮世の憂さは消えてしまうし、争い事とも縁がなくなる気がする。は

は、徳を説く偉い学者でも、腹が減れば苛々するだろうしねえ」

「おっしゃるとおりかも……」

八五郎も納得したように頷いて、濃いめの茶を啜った。

「──ところで、ご隠居さんは、どちらにお住まいなのですか」

「それが実は……宿無しなんです」

「ええっ？　まさか。どう見ても、何処かのお大尽かご大身のお武家様……のようにしか見えませぬが」

「元々は、深川の方のお武家で奉公していたのですが、御家が潰れてしまいましてな。まあ、庭仕事とか障子の張り替えとか、できることをして、その日暮らしです」

「…………」

「痩せ我慢をしているわけではありませぬが、せめて形だけでもキチンとしていないと、気持ちが萎えてきますすのでな」

「そうでしたか。分かる気もします」

「ならば、八五郎さん。甘えついでといってはなんですが、しばらくここで働かせてくれませんかね。掃除でも大工仕事でも、なんでもできますので」

「それは……」

　スッと八五郎から笑いが消えた。吉右衛門はその表情を見て取り、

「あ、いや……あまりに不躾で申し訳ありません。捨て置いて下さいませ」

　と謝ったが、お光の方がすぐに、

「うわあ。いいじゃないのさ、お父っつぁん。もうひとり男手があったらって、いつも言ってたじゃない。変な若い人より、ご隠居さんのような色々な苦労をしてきた方の方が……」

「よさねえか、お光」

　八五郎は野太い声で言った。そんな声はめったに出さないのか、お光も不審そうに見た。

「──お父っつぁん……どうしたの？」

「う、うむ……」

　生返事をしたとき、裏の戸が開いて、数人の男がドカドカと入ってきた。裏店の住人たちである。

「八五郎さん。どうも吟龍一家の動きが慌ただしい。ひょっとしたら、今夜くらい、何かを仕掛けてくるかも……」

　と言いかけて、吉右衛門の姿を見て、口を噤んだ。知らない者がいるとは、裏庭か

らは見えなかったのだ。

「吟龍一家……もしかして、さっきのも？」

吉右衛門が訊くと、住人のひとり仁助という者が訝しげに見ているので、お光が命の恩人だと説明をし、八五郎も曖昧ではあるが、

「吉右衛門さんには、しばらく、うちにいてもらうかもしれない」

と言った。

「で、そやつらは一体、何を……？」

問いかける吉右衛門に、お光がすぐに答えた。

「この辺りの地廻りなんだけど、この店と裏店の住人らを、ここから追い出そうとして、何かにつけて因縁をつけてくるの」

引き継ぐように、仁助も気色ばんで、

「地主の代理だとかいって、際限もなく家賃を上げてくるんだから、始末に負えねえ」

などと話していると、店の方から、先程のヤクザ者と一緒に、さらに大勢が雪崩れ込んできた。しかも荒々しい態度で、すでに匕首を手にしている。

「な、なんだよ。てめえら……！」

仁助が立ちはだかろうとするが、ぶん殴られて床に倒れ込んだ。

「吟龍一家を束ねる仏の岩六を知らねえのか」

「仏が聞いて呆れらあ……」

文句を言う仁助は無視して、岩六は八五郎の前に立って、

「おう、八五郎……てめえも大概、話の分からねえ奴だな。家賃も払わねえ奴を置いとくわけにはいかねえんだ。何度も同じことを言わせるんじゃねえ」

　すると八五郎は怯むことなく、

「こっちも同じことの繰り返しだ。ここは俺の親父が作った店だ。裏店も一緒に、親父が前の地主から買い取ったものだ」

「知るけえ。こちとら、今の地主に頼まれて、話をつけに来てんだ」

「たしかに親父は金がなかった。だから、初めは地主から借りて商売を始めた。大した儲けにはならなかったが、三途の川の渡り賃の六文だけは残しておく覚悟で、商売してたんだ。だから、『六文屋』は誰にも渡さねえ」

「知るか、馬鹿。おまえは地主でもなんでもねえんだから、とっとと出ていけ！　構わねえ！　みんな追い出しちまえ！」

　手下たちは、問答無用に乱暴を働こうとしたが、吉右衛門が座ったままで、素早く

足を払ったり、投げ飛ばしたりした。激しく転んで柱や床で頭を打った者もいる。

「てめえか、さっきうちの若いのをいたぶったってのはッ」

岩六は言うが早いか匕首で突きかかった。だが、吉右衛門はその腕をガッと摑み、捻り上げながら、ゆっくりと立ち上がると匕首の先を岩六の喉元に近づけた。少しでも吉右衛門が押しやれば、岩六は自分の匕首で喉を突き刺すことになる。

「や、やめろ……」

「それは、こっちの台詞ではありませんかねえ。八五郎さんや長屋の人たちが、やめてくれってことを、しつこくやっているそうですからねえ。やめてくれませんか」

「う、うるせえ。関わりねえ奴は……」

「ああ、そうですか。では御免」

吉右衛門が匕首を握っている岩六の腕を、ほんのわずか動かした。とたん、「ひえェッ」と岩六は情けない声を上げた。子分たちも何もできず、息を吞んで見守っているだけである。そのとき、

「それ以上やると、また島送りになるぜ」

声があって入ってきたのは、熊公だった。十手で自分の肩を軽く叩いている。

岩六はアッと熊公を見やり、

「お、親分……このクソ爺イ、どうにかして下さいよ」

　と哀願するように言った。

「俺も殺されるのが嫌だから、下手には手を出せねえ。なあ、吉右衛門……これ以上、罪を重ねるのはよさねえか」

「さいですね。せっかくの親分さんのお情けですから、この場はお預け致します」

　吉右衛門は穏やかに言いながらも、匕首を取り上げて、岩六を突き飛ばした。子分たちは気色ばんだものの、

「よせ……熊公親分の後ろには、古味の旦那がいる。ややこしい同心だから、今日のところは引き上げるぞ」

　と岩六が制したが、吉右衛門は淡々と、

「明日も明後日も、この先もずっと、来なくて結構です。でないと私……また島送りになってしまうどころか、獄門ですので。でも、どうせ死ぬなら、この命、あなた方と交換致しますので、来たければ、どうぞ遠慮なく」

　と言い返した。妙に落ち着き払っているのが不気味であった。

　熊公も調子に乗って、芝居がかった態度で、

「命がいくらあっても足りないぞ。この爺イはやけくそになったら、おまえたちの比

じゃない。少々の痛い目じゃ済まねえから、俺の言うことを聞いておくんだな」

念押しされて、岩六たちは渋々と出ていった。

だが、八五郎や仁助たちは、まだ不安で仕方がないという顔をして見送っていた。

四

吉右衛門の素性はハッキリと分からないが、お光には島送りになったような悪人には見えなかった。

行く所がないならば、いつまでも居て欲しいと頼んだが、八五郎は曖昧に返事をするだけだった。落ち着かない様子の八五郎に、吉右衛門は遠慮して立ち去ろうとしたが、お光はまるで孫娘のように、

「お父っつぁん。あんまりじゃないか。何度も助けてくれたんだよ。悪い人のわけがないじゃない。しかも、熊公親分の〝お墨付き〟だから大丈夫だよ」

「お墨付きって、おまえ……」

「私の命の恩人を無下(むげ)に追っ払うの。今、出ていってもらったら、逆に岩六たちに狙わせるようなものよ」

などと庇って、その晩は泊まってもらうことになった。

その翌朝――。

寝ぼけ眼で、お光が起きてくると、庭の片隅で、薪割りをしている吉右衛門の姿があった。しかも、音を立てずに、まるで紙でも裂くかのように、サッと割っている。

「おはようございます。早いのですね、ご隠居さんて」

「年寄りは目覚めが良くてね。はは……それに只で泊めていただいてますからねえ、これぐらい当たり前のことです」

「いいのよ。そんなに気を遣わなくたって……本当に吉右衛門さんて強くて逞しい。若い頃はさぞや……」

「ははは。人間、強いだけでは何にもなりません。ここが肝心なんですよ」

吉右衛門は軽く自分の胸を叩いた。

「私が見たところ、平吉さんはとても心根のいい人だ。大切にしてあげなさい」

「まあ、人はいいんだけどね。向こうっ気も強いんだけど、いざとなったらからっきし駄目なんだから、ほんと」

「あはは。それでも『大好き』と顔に書いてありますよ」

お光は思わず掌(てのひら)で額や頬を擦(こす)って、

「嘘……嘘でしょ、ご隠居さんたら、そんな……私を子供扱いして」

と顔を赤くして言い、口を膨らませて奥に立ち去った。

微笑みながら見送った吉右衛門だが、その目が縁側を歩いてきた八五郎に止まった。人前で穏やかにニコニコしているのとは違い、陰鬱な表情である。朝の挨拶もそこそこに、

「吉右衛門さん……話があるんだ。おまえさんとふたりきりで……」

と言いながら、誘うように裏木戸から出ていった。

吉右衛門が後をついていくと、堀川沿いの柳の並木道を歩きながら、いきなり八五郎が意を決したように言った。

「すまないが……このまま黙って出ていってくれないかね」

「えっ……」

「おまえさんは人助けをして気分が良いかもしれないが、このままいればお互い迷惑がかかる。お光は祖父(じい)さん……俺の親父のことを、あまり知らない間に死んでしまったから、おまえさんにその姿を見ているのかもしれない」

「…………」

「だから何も言わずに……これは些少(さしょう)だが、暮らしの足しにでもしてくれ」

八五郎は紙に包んだ一両小判を、吉右衛門に手渡そうとした。

「待って下さい、八五郎さん。私はそんなつもりで……ご迷惑ならすぐに出ていきますが、行きずりのこととはいえ、あのヤクザ者たちのことも気になります」

「それなら熊公親分に頼みます」

「しかし……」

「そもそも、おまえさんほどの腕も度胸もあるご隠居は、世の中、何処を探したっているもんじゃありません……何の目的もなく、うちなんかに居座るわけもない」

明らかに他意のある言い方に、吉右衛門は無言で見つめ返した。八五郎もしっかりと目を逸らさずに、

「俺は、お光と平吉を恙なく添わせてやりたいだけなんだ。それだけが楽しみなんだ。だから、このとおりだ」

と手を握って小判を渡そうとしたが、吉右衛門はハッキリと拒んで、

「たしかに、八五郎さんの言うとおりだ」

「えっ……」

「私は目的があって、あなたに会いに来たんです。お光さんを助けたのはたまさかですがね、渡りに船とばかりに」

吉右衛門の言葉に、八五郎は「やはりな」という目を向けたが、その狙いをすぐに訊くことはなかった。

「正直に話します、〝素通りの幹太〟さん」

「!?――」

「実は私、小普請組旗本・高山和馬様の奉公人、吉右衛門と申します」

「旗本……!」

「ある泥棒の頭から、あなたのことを聞いて、ここまで来ました。頼みというのは、大きな儲け話……と言いたいところですが、そうではなく、ある大店……ハッキリ言いましょう、札差『津軽屋』の蔵を破ってもらいたいのです」

「…………」

「この『津軽屋』の徳左衛門は、抜け荷で稼いだと思われる大金を蓄えているのですが、何者かと組んで謀反を起こそうとしている節があるのです」

吉右衛門が話すことを、八五郎は怪しみながら聞いている。

「だが、役人が踏み込むほど、明らかな証はない。悪事を事前に食い止めるためには、どうしても、その金を奪ってしまうしかないのです。ですから、あなたの力を……」

「よしてくれッ」

八五郎は強い口調で止めて、

「惚けようと思ったが、そこまで話すのなら、俺のことを調べてるのだろう。だが、そんなことに手を貸すつもりはない」

「ですが……」

「他を探すんだな。俺はそっちの方はもう十年も前に足を洗ったんだ。それ以来、錠前には手を触れたこともない。ご覧のとおり、人気の納豆屋の親父だ。生憎だったな、吉右衛門さん」

「では、もうやる気はないと……盗人の手助けではないのですがね」

「仮に正義とやらのためでも、もう役には立たないよ。それなりに年も取ったし、腕もすっかり落ちた」

「でしょうかねえ……たった一晩しか接してませんが、あなたのその指はしなやかだ。きっと鋭い勘所も忘れてはいないでしょ」

「…………」

「考えてみてくれませんか。あなたのその腕で、大勢の江戸庶民の命が助かるかもしれないんですよ」

「庶民の命……」

八五郎はほんの一瞬、心が迷ったように揺れたが、首を横に振って、

「悪いが、この話は聞かなかったことにする。いいですね」

と一両を放り投げようとしたが、「こんな端金は用なしだな」と懐にしまった。

そして立ち去ろうと背を向けたが、

「昔の俺のことを娘に話したりしたら……相手がお旗本の家来でも容赦しませんよ」

と恫喝するように言って、振り向きもせずに立ち去るのだった。

溜息混じりに見送る吉右衛門だが、これで引き下がるつもりはない表情だった。

札差『津軽屋』に、吟龍一家の岩六が訪ねてきたのは、その昼下がりだった。もちろん商人ふうの形はしているが、目つきはどう見ても、ヤクザ者だった。

だが、徳左衛門の前で、借りてきた猫のように恐縮している。

「──申し訳ありやせん……腕の立つ奴が邪魔してきたもんで……奴といってもかなりの爺イなんですが」

「爺イ……泣き言は聞きたくありませんな。連中を追い出す約束で、おまえたちには高い金を払ってるんですよ」

いかにも商人らしく振る舞っているが、顔つきも野太い声も、岩六が震えるほどの

貫禄がある。何度も頭を下げながら、

「もうちょっとだけ待っておくんなさい、親分……」

「おいッ」

「あ、これは済みません。津軽屋さん……」

「しっかりして下さいよ。私にはどうしても、あの土地が必要なんだからね」

「へえ。分かっておりやす」

「これまでの話の様子では、しぶといのは八五郎って主人らしいね」

「いくら金を積むと言っても、あの家屋敷は親父の形見だからって、頑なに……」

「だから、娘をこっちに攫ってきてだな……分かるだろうが」

「そのつもりだったんですが、とにかく腕の立つ爺イでして、面目ありやせん。でも、なんとかしやす。へえ、必ず」

岩六が米つきバッタのようになった。

丁度、そのとき、『津軽屋』の店内では、羽織袴姿の侍が、どこぞの着飾った武家娘を連れて立っていた。

「聞こえぬのか。主人のもとへ案内せよと申しておるのだ」

番頭の伝兵衛は恐縮しながらも、「どちら様ですか」と繰り返している。

ツンと澄ましている武家娘は千晶で、用人ふうに扮しているのは和馬であった。

「おまえでは話にならぬ。主人の徳左衛門に用があると言っておるのだ」

「ですが、主人は只今、来客中でございまして……」

「ほう。客人とは何処の殿様だ。これなるは旗本寄合席五千石、新村図書(にいむらずしょ)様のご息女、秋姫(あきひめ)様であるぞ。新村家の御料地は『津軽屋』が預かっているはずだが、知らぬのか」

「あ、そうでございましたか……これは、失礼をば致しました」

伝兵衛は取り急ぎ、店から上がらせて客間に通したが、主人へ繋ぐのはしばらく待ってくれと申し出た。

「ほう……随分と大切な客が来ておるのだな。何処の大身の旗本か」

和馬は嫌みたらしく、『津軽屋』が札差として扱っている旗本名を連ねてみたが、伝兵衛は平伏するだけであった。

「で……私どもへのご用件と申しますのは……」

「これじゃ」

千晶が無造作に懐刀を差し出して、

「お金に換えてもらいたい。無銘じゃが、代々、新村家に伝わる業物(わざもの)。刀剣集めを趣味とする徳左衛門ならば、きっと気に入るに違いないと思うてな」

「はあ……」

「気のない返事じゃのう。父上がそう申しておったが、嘘か。嘘ならば、もうよい。御公儀に申し出て、今後、別の札差に御用を頼むことにする」

気短に立ち上がろうとする千晶を、和馬は宥めるように座らせて、伝兵衛も恐縮したように懐刀を押しいただいた。

「さようですか……」

伝兵衛は鞘を眺めてから、身を抜いて見てみたが、とても業物とは思えないシロモノだった。げんなりした顔で、

「これでございますか……まこと……ご先祖伝来の……」

と呟いた。が、和馬は構わず堂々と、

「凄いものであろう。良い値をつけてくれ。当家もいささか手元不如意でな。『津軽屋』からはそこそこ借りておるが、それでも姫君のものが足らぬものでな」

「折角でございますが、ご用人様。これではいささか……」

と伝兵衛が断りそうになったとき、千晶が急に脇腹を押さえて苦しみ出した。

「あ、ああッ……」

「姫、如何なされました。まさか持病の癪が出たのでは……！」

心配そうに体を支える和馬に、悶えながら千晶は小さく頷いて、

「く……苦しい……」

「これはいかん。番頭、姫をどこか安静な所に……ええい、何をしておる。苦しむ姫を放置したとあっては、後刻お咎めがあるやもしれぬぞ。それでもよいのか」

ビクッとなった番頭は、「では、こちらに……」とさらに奥の一室に誘った。

すぐに手代が布団を敷いたが、和馬の手で寝床に横たわった千晶は、顔を顰めたまま、まだ苦しそうに喘いでいる。

「早く医者を呼べ！」

和馬が怒鳴ると、伝兵衛が飛び出していった。すぐに、案内されてやってきたのは、町医者姿の藪坂甚内だった。たまさか通りかかったので、すぐに呼び止められたという。

「この方は、深川診療所の藪坂先生という方です。丁度よかった」

伝兵衛が伝えると、和馬はほっとした顔で、

「姫君、運が良かったですな……」

と安堵した。

「よいか、番頭。他に誰も近づけてはならぬ。分かったな」

和馬はピシャリと襖を閉じた。とたん、三人はお互いニンマリと笑い、

「先生、千晶……頼みましたぞ」

と羽織を脱ぎ捨てると、裏手の廊下に出ていった。

部屋を滑り出た和馬は、鋭く廊下や中庭を見廻しながら、屋敷を探る。中庭や裏庭に繋がる要所要所には、縦横に鳴子（なるこ）の紐が張り巡らされているのが見えた。

「ほう……なかなかの用心深さだな」

内庭の向こうには白壁の蔵がある。その周辺には一面、白い砂利が敷き詰められているから、踏めば音が出る。飛び石を伝う他はなさそうだ。それらを眺めながら、

「となると、蔵に入るには、母屋の屋根から、あの天窓……」

だが天窓の内外にも、剣山のような逆さ刃が並んでいる。

「鍵を開けて忍び込んだとしても、あそこから盗み出すのも難しそうだな……」

和馬は翻（ひるがえ）ると、さらに奥の一室に向かった。

そこには――。

先刻から話している徳左衛門と岩六の他に、用心棒の浪人数人もいた。そっちに近づいた和馬が耳を澄ませていると、

「では、来月には決行を……」

浪人のひとりが繰り返すように言うと、徳左衛門が頷いて、

「その前に、例の『六文屋』を手に入れ、あそこをどうしても武器庫にしなければならない……まずは八丁堀の組屋敷を壊滅させるのに、好都合な場所なのだからねえ」

「たしかに鉄砲二百挺となれば、遠くから持ち運ぶわけにはいきませぬからな」

「うむ。その武器を手に、風の強い日を選んで、同志三百人が一斉に立ち上がる……江戸を舐めつくす大火に乗じて、一気に千代田の城に乗り込み、勿体なくも将軍の御首を頂戴仕る……というわけです」

徳左衛門が悪辣な顔で笑ったとき、鳴子がカランカランと激しく鳴った。

「——誰か、忍び込んできたか！」

浪人たちが一斉に廊下に飛び出したが、鳴子の紐は揺れているが、人影はない。慌ただしく浪人たちが屋敷や店の中から庭、蔵の方を探し始めるが、人影はない。

伝兵衛が慌てて一室に戻ってくると、千晶は眠っており、その脈を藪坂が取っている。傍らには羽織を着た和馬が座っており、

「何やら騒々しいが、何かあったのか。俺でよければ手助けするが」

と言うと、伝兵衛は首を横に振って、

「いえ。何でもありません」

「ならよいのだが……」

和馬が心配すると、藪坂が深刻な顔で、

「少し容態はマシになった。屋敷に帰って、きちんと養生した方がよろしかろう」

と説明をした。

それを受けて和馬は、懐刀は預けておくからと言って、今日は失礼すると千晶を抱えながら立ち上がった。

五

『六文屋』では、今日も八五郎が湯気が広がる中で、蹲るようにして納豆作りに励んでいた。だが、そこにお光の姿はない。

人の気配に中腰になって振り返ると、そこには吉右衛門が立っていた。

「――あんた……しつこいなッ」

八五郎は手にしていた道具を振り上げ、

「どういう了見だ。俺の昔のことで、あれこれ嫌がらせをやるなら、こっちにも覚悟があるぞ。たとえ相手がお旗本でもなッ」

「待ちなさい。それどころではない。相手は吟龍一家。しかも『津軽屋』徳左衛門こそが、その頭目なんだ」

「なんだと……!?」

「どうやら、この屋敷と裏店が欲しいのは、大騒乱を起こすために必要だからだ」

「一体、どういうことだ」

「話は後で、きちんとする。とにかく今は、お光が心配だ」

「そういや、朝からいねえ……平吉と会うなんてことを言ってたが、まさか……！」

慌てて飛び出していく八五郎の後を、吉右衛門も追いかけた。

その頃——お光は、永代橋の袂にある高尾稲荷（たかおいなり）の境内で、平吉と会っていた。

平吉はなんだか嬉しそうに、

「そうかい。吟龍一家は尻尾を巻いて逃げたのかい。そりゃ小気味いい」

と言ったが、お光は少し不審に感じていた。

「でもさ、あれだけごり押ししてきたのに、急に姿を消して、なんだか不気味……なのに、お父っつぁんたら、吉右衛門さんのこと追い出したみたいで」

「そうなのか？」

「うん。岩六たちをコテンパンにやったのも、吉右衛門さんなのにさ」

浮かぬ顔のお光だが、平吉も一抹の不安は拭いきれない。

「でもよ、あの爺さんもなんだか妙だよな」

「絶対に悪い人じゃない。そうでしょ、何度も助けてくれてるんだよ」

「なに、俺だってそれくらい……」

「その強がりはやめたほうがいいよ。お爺さんに助けられたくせに」

「なに、強がりとはなんだよ、強がりとは……ちくしょう。見てやがれ。もし今度、吟龍一家の奴らが来たら、俺が……」

と言っているところに、岩六ら吟龍一家が数人、駆けつけてきて、ぐるりと取り囲んだ。他に用心棒の浪人も三人ばかりいる。今度は容赦しないという顔をしている。

「小僧。威勢がいいな。娘をこっちに寄こしな」

岩六が鋭い目つきで近づくと、平吉は必死に言い返した。

「て、てやんでえ……な、な、なんだ、てめえら！」

「もう遊びはなしだ。こっちも急がなきゃならない事情があるんでな」

匕首を抜き払った岩六は、「脅しじゃ済まない」と突き出した。すぐさま平吉は、近くに落ちていた棒きれを拾い上げ、お光を庇って立ちはだかる。

だが、平然とニヤニヤ笑って近づいてくる岩六は、

「ほらよッ」

と軽く平吉を突き飛ばし、お光を当て落とした。しかし、この前とは違って、平吉は凶悪な目になると、すぐさま石を拾って、岩六の顔に投げた。それは見事に眉間に命中し、よろめいたところに、平吉は突進して、岩六を押し倒した。

「このやろう！　こちとら、まっとうな漁師なんでえ！　てめえらみたいな半端もんに舐められてたまるか、おら！」

拳を二、三発浴びせると、また棒きれを摑んで、目にも留まらぬ速さで、ヤクザ者たちを鮮やかに突き倒した。浪人者たちが抜刀して斬ろうとするが、それでも平吉は逃げることなく刃向かおうとする。

だが、浪人たちは遠くから駆けつけてくる吉右衛門と八五郎の姿を見つけた。さらに後ろには、古味覚三郎と熊公もいる。

またもや浪人たちは逃げ出したが、平吉は気づかずに必死に棒を振り廻している。

「もういいだろう、おい」

熊公に止められて、我に返った平吉だが、足下には岩六を入れて四人が気を失って倒れている。それを見て、「あれ？」となり、

「俺が……？　そうか、俺がやったんだ！　どうだい、俺の強さはよ！」

と振り返ったが、お光も当て落とされたままである。

「お、お光ちゃん……しっかりしろ、おい」

揺り起こすと、薄っすらと目を開けたお光は、ひしと平吉に抱きついた。

「ははは。お光ちゃん。もう怖いことはねえぞ。ほら、見なよ」

「!?——ぜんぶ、平吉さんが……？」

「そうともよ。どうだい、凄いだろ。ちっとは見直したかい」

倒れている岩六たちを見廻すお光の目には、吉右衛門と八五郎、そして古味や熊公の姿が留まったので、

「嘘ばっかり……みんなに助けてもらったんでしょ、また」

「ち、違うよ……本当に俺がひとりで……」

必死に良いところを見せようとした平吉を庇って、吉右衛門が言った。

「私たちは今、来たところです。本当に平吉がひとりでやっつけたんですよ」

「だが、無茶はいけねえぜ、おい」

熊公が言うと、お光は改めて平吉に抱きついて、泣き出した。

「なかなかやるじゃねえか、平吉……お光は嫁にくれてやるぜ。だがよ、親分さんが

言うように、無茶は今回だけにしときな。お光を泣かせるようなことは、金輪際(こんりんざい)……な」

優しい目で言う八五郎は、父親の顔になっていた。

古味と熊公はもう一度、吟龍一家のことと『津軽屋』のことを調べ直すからと、気を失っている岩六たちに縄を掛けるのであった。

吉右衛門とふたりだけになった八五郎は、改めて頭を下げた。掘割沿いの道を歩いている姿は、まるで親子のようだった。

「——では、さっき話していたように、本当に、後ろには『津軽屋』がいるんですね」

と八五郎が訊くと、吉右衛門はしかと頷いた。

「ああ。無理にでも、おまえさんの店を欲しがる訳は、武器庫代わりにしたいがためだ。八丁堀の組屋敷を灰燼に帰することで、町方役人が直ちに動けないようにするのが狙いだ」

「『津軽屋』といやあ、謀反好きの大藩と結びついているという噂を、俺も聞いたことがあるが、まさか本気とは……」

八五郎が深い溜息をつくと、

「だから、それを止めるために力を貸して欲しいと、私は頼んだのです……『津軽屋』の蔵を空っぽにすれば、奴らはもう『六文屋』を欲しがる理由もなくなる」

「………」

「世間にとっては泥棒に変わりはないかもしれないが、おまえさんのやることは立派な人助けになる……そう思うのですがね」

「しかしよ……俺が鍵を開けたところで、どうやって運び出すんだ。山のように積んである千両箱をよ」

「それはそれで、こっちも手筈を整えておりますから、心配はいりません」

「手筈……」

「まあ、本業の盗人にも手伝ってもらいますが、ぜんぶお上が取り上げて、後始末をつける算段になっております。ええ、北町奉行の遠山左衛門尉様も承知の上でのことです」

「遠山様……！」

あまりにも吃驚して、八五郎は吉右衛門をまじまじと見て、

「ご隠居さん……あんた、本当は何者なんです」

と呟いた。

「それはともかく、宜しくお願い致しますよ。これは『津軽屋』内の絵図面です。どこまで正確か分かりませんが、和馬様が調べ出してきたことです」

「えっ。それは、どうやって……」

「さあ、どうやってでしょう。特に蔵の周りには鳴子や砂利で、人が忍び込めば用心棒たちがすぐに駆けつけてきます……お願いできますかな。当然のことながら、八五郎さんに危害が及ばぬよう万全を尽くします」

八五郎は手渡された絵図面を見て、「なるほど」と頷いて、

「これなら、米俵を運び込んだという裏手の掘割から、逆に一気に持ち出せるかもしれませんね……鍵を開ける手立ての一切は、私に任せてくれますね」

「ええ、もちろんでございますとも」

吉右衛門と八五郎は気が合ったように、真顔で頷き合った。

六

数日後の夕暮れ、『津軽屋』近くに、米俵を積んだ荷車が来ると、その前に古味が

「停まれ」と立ちはだかった。同心姿に人足は驚いて踏ん張り、荷車を停止させた。

「札差『津軽屋』への納入米だな」

古味が威圧的に言うと、人足は恐縮しつつも、

「はい。さようでございますが……何か不手際でも……」

「役儀によって、ちと改めることがある。荷車ごと、そこの納屋に入れろ」

近くの路地に、公儀御用蔵の納屋がある。古味が指図すると、人足たちは言いなりになって荷車を入れた。

「米俵に隠して千両箱を運んでいるとの知らせがあった。おまえたちは、その手助けをしておるのか」

古味が問い質すと、人足たちは本当に目を丸くして、

「と、とんでもない……そんなこと、あっしらはまったく知りません」

と恐れるように首を横に振った。

「本当だな」

「は、はい……」

「では、しばらく外で待っておれ」

命じられるままに、人足たちは納屋の外に出て待っていた。

しばらくすると古味が出てきて、

「何も怪しいことはなかった。運び出してよいぞ」

と言った。

人足たちは小首を傾げながらも、『津軽屋』まで運び、手代たちも手を貸して、米倉に担ぎ入れた。

夜になると、うず高く積まれている米俵のひとつが、微かに動いた。

米俵の中から、ブスッと匕首が突き出て、音もなく動き始めた。切り口の間から、そっと頭をもたげたのは——黒装束の八五郎だった。〝素通りの幹太〟のおでましである。

納豆屋の主人とはまったく違う顔つきと身のこなしで、八五郎は戸口に走り、表の様子を窺った。

闇の中に、母屋の輪郭と、接して聳える立木がおぼろに見える。八五郎は米倉からスッと飛び出すと、身軽に立木から屋根に飛び移った。地面には鳴子が仕組まれているので、避けたのだが、屋根の上にも鉄の罠が張られている。撒菱（まきびし）のようなものが、一面に張り付けられているのだ。

「——念の入れ用だな……」

八五郎は呟いて、暗くてよく見えないので、慎重に進み始めた。時折、獣の足を挟むような仕掛けすらある。明らかに盗賊避けだが、ここまでやるとは、かなり警戒しているということだ。

「こういうのを見ると、逆にわくわくしてくるぜ……」

一歩一歩、薄氷を踏むように進むと、前方に白壁の金蔵が見えた。

表扉の前には、ふたりの寝ずの番が張り付いているのが見え、その向こうに裏戸まで続く小径が見える。

その一間幅ほどの通路には仕掛けがない。裏の掘割に着けた川船から米俵に見せかけた小判を運ぶために、空けている所だ。盗人を警戒している割には、そこだけは手薄だと八五郎は感じた。他にも用心棒の浪人が二、三人、見張っているからであろう。

金蔵の上方には、鉄格子の入った天窓があるが、時折、そこに明かりを向けて、寝ずの番は用心していた。

その天窓に縄を投げ掛けて、金蔵の表扉の上までスウッと滑り渡ろうと考えていた八五郎だが、少しでも音を立てると気づかれる。どうするかと思案していると、金蔵の裏手にある小屋から、浪人が出てきて、

「ご苦労だな。今夜は少し冷えるから、さ、これでも飲んでくれ」

と徳利酒を渡した。

「これは、ありがたい……極楽でえ」

喜ぶ寝ずの番に、浪人は強い口調で窘めるように、

「飲み過ぎるなよ。寝たら元も子もないからな。朝までの辛抱だ」

「へえ。もちろんでさ」

寝ずの番ふたりが、軽く一口ずつ飲んでいる間に、金蔵の扉をコンコンと叩いた。すぐに金蔵の中から、やはりコンコンと音が返ってきた。さらにシャンシャンと鈴の鳴る音がする。と、それにも返事がくるように、カンカンと半鐘みたいな音がした。

——なるほど……二重になっている表扉の中にも、その奥の蔵にも番人がいるということか……しかも何人いるかは分からない。鍵を開けて入ったとしても、そこに待ち受けている奴がいるということだ。

なかなか難しいなと、八五郎は思った。

だが、浪人が小屋に戻ったのを見計らって、背負っていた道具袋から、小さな半弓と矢を取り出し、闇の中に向かって射放った。

一瞬、シュッと音がしたが、矢は天窓まで飛んでいき、鉄格子の隙間を抜けた。その瞬間、矢についている紐を軽く引き戻すと、グルッと鉄格子を巻き込んだ。

番人たちは全く気づいていない。八五郎はその紐の一方を屋根のうだつに括り付け、ムササビのように素早く天窓の上まで滑って降りた。着地したとき、わずかにカタッと音がしたが、番人は「おや？」となったくらいで、さして気にも止めていなかった。

表扉の上には雨避けの屋根があるため、八五郎の姿はまったく見えない。滑り降りた紐も暗闇に溶け込んで気づかれることもなかった。

「やべぇ……やはり体が少しばかり重たくなってやがる……」

八五郎は口の中で呟いたが、迷うことなく雨避けの屋根から軽く飛び降りて、座っている番人ふたりの首に細い鍼を、同時にスッと差し込んだ。ふたりは声も上げず、その場に眠るように頽れた。頸椎のツボを刺激して眠らせただけである。

番人は鍵を持っていない。八五郎はすぐさま道具袋から、二、三本の細い五寸釘のようなものを取り出すと、表扉の鍵をほんの五つか六つ数える間に開けた。

音をさせないように開錠して、少しだけ扉を開けると、中から声がした。

「どうした。何があった」

用心深そうに顔を出したのは、別の番人だが、暗くて八五郎の姿を寝ずの番だと勘違いしたようだった。すぐに八五郎は鍼を首に打ち込んだ。その番人も頽れたが、幸い他に見張りはいなかった。

さらに奥の鉄扉の鍵を音も立てずに、十も数えないうちに、八五郎は開けた。そっと扉を開けると、そこには座り込んでうたた寝をしてる番人がひとりいるだけだった。

「ふん……安心してやがる」

八五郎は同じように鍼を打ち、番人を奥に引きずっていった。

奥と表の扉を開け放つと、八五郎は素早く裏戸に向かって走り、心張り棒と閂(かんぬき)を外した。すると、外には——黒装束の集団が十数人ほど控えていた。

「〝砂煙の文左〟だな。後は任せるぜ」

と言って、八五郎が物陰に潜むと同時に、黒装束の一団は、すでに扉が開放されている金蔵の中に次々と入り込んだ。そして、千両箱を火事場で桶を受け渡す要領で、次々と屋敷の裏手に運んだ。そして、船着き場の屋根船に載せていったのである。

だが、物音に勘づいたのか、浪人が数人、奥の小屋から出てきて、「あっ」と声を洩らしたが、その瞬間、飛来した吹き矢を受けて、次々とその場に倒れた。

物陰に潜んでいた八五郎が、吹いたのであった。

その隙に、〝砂煙の文左〟一味は重い千両箱を手慣れた手つきで、金蔵から運び出したのであった。

翌朝——。

何事もなかったかのように、金蔵の表扉は閉まっていた。その前で寝ずの番ふたりが、酒徳利を抱えて、鼾をかいて寝ているのを、早起きしてきた伝兵衛が見つけた。

「なんだね、だらしがないねえ……！」

伝兵衛は番人ふたりに近づいて、足蹴にして「おい」と起こすと、

「あ……ああ……」

と背伸びをしながら目を覚ました。

「なんですか、だらしがない。酒で体を温めるのは結構ですがね、これじゃ寝ずの番にならないじゃないか。おまえたちはもうクビだ。出ておいき」

腹立たしげに伝兵衛が吐き捨てたとき、裏戸が風にパタパタと揺れているのが見えた。「おや」となって近づいていくと、内側から閉めてあるはずの閂が掛かっておらず、心張り棒も倒れていた。

「――まさか……！」

伝兵衛は一旦、外を見てから、金蔵の奥の小屋まで小走りで行き、

「先生方。なんですか、これは！」

と扉の前には、そこでも浪人たちが五人とも気持ちよさそうに、俯して眠っていた。

伝兵衛はそこはかとない不安を感じて、

「旦那様！　だ、旦那様あ！」

大声に目が覚めたのか、寝間着姿のまま徳左衛門が奥座敷から出てくると、

「か、金蔵を開けてみて下さい。も、もしかして……！」

と今、見たばかりの状況を伝えた。

徳左衛門も違和感を抱き、表扉の外からコンコンと叩いたが返答がない。やはり何かあったのかと、半信半疑ながら開けてみると、そこでも番人が眠っている。

さらに奥の扉も施錠されていたままなので、シャンシャンと鈴を鳴らしてみたが、やはり返事がない。

慌てて鍵を外して中を見ると――千両箱がぜんぶ無くなっている。

呆然と立ち尽くす徳左衛門は、

「やられた……見事にやられた、ああ……」

虚脱して座り込んだが、自分を鼓舞するように立ち上がり、

「裏戸が開いていたんだね。だとしたら、船に積んで逃げたに違いない。しかも、これだけのことを鮮やかにやってのけるのは……あいつだ。やはり、あいつが手引きしたに違いない……意趣返しのつもりかあッ！」

「あいつとは……」

「とにかく、船を探し出せ。万が一の時のために、中川船番所の役人や橋番らにも、鼻薬を嗅がせてあるのだからな」

徳左衛門の形相は鬼のように変わっていった。

七

その頃、熊公が漕ぐ屋根船は、海に出て鉄砲洲(てつぽうず)に廻り、そこから千両箱は大八車に載せ替えられて、北町奉行所に集められていた。

途中、〝砂煙の文左〟は役人によって、

──これまでの盗みの数々。

の咎によって捕まっていた。もっとも、奉行の差配で、遠島で済まされたが、利用されたと知った文左は、

「あのやろう！　必ず恨みを晴らしてやるからな！　覚えてろ！」

と文句を垂れていた。

当然のことだが、長年にわたって己がやらかした始末だから、仕方がないことだった。とはいえ、あまりに可哀想だから、十両盗めば首が飛ぶところを、遠山の差配に

よって島送りにしたのだ。その際、流された先でも困らぬよう、幾ばくかの金を渡したという。

一方、怒りが収まらないのが『津軽屋』徳左衛門だった。

中川船番所の役人たちも、「知らぬ存ぜぬ」で、常日頃から袖の下を貰っていたことなど、話すわけがなかった。

もっとも役人たちは、『津軽屋』の船荷の中に、千両箱が隠されていたなどとは思ってもいなかった。多少、不都合な物が入っているのであろうと、大目に見ていただけのことである。

徳左衛門は堂々と、金蔵から金が盗まれたことを北町奉行所に訴えた。まさか北町の蔵の中に、自分の金があるとは思ってもいない。

訴えを受けた年番与力からの知らせで、『津軽屋』に出向いたのは、古味と熊公だった。ふたりは〝盗み〟の手伝いをしておきながら、金蔵の中を調べて、

「おまえが見たときには、千両箱はひとつ残らず消えていたのだな」

古味が訊くと、被害を受けた徳左衛門は必死に訴えた。

「そうでございます。あれだけのものを一挙に持ち出すなど、並の盗人ができることではありません」

「俄には信じられぬな」

「はあ……？」

「番頭たち店の者たちからも聞いたが、寝ずの番が四人もおり、屋敷内には五人の用心棒もいたとのこと。しかも、庭や屋根など色々な所に仕掛けがあり、誰にも気づかれずに、千両箱を何十個も盗むことなど、到底、無理であろう」

「無理って……」

「見張りがみんな酒を飲んで眠っていたとのことだが、どうも胡散臭い……本当にそんな大金が、この金蔵にあったのか」

古味が疑いの目を向けると、徳左衛門は腹立たしげに、

「なぜ、私がそんな嘘をつかねばならぬのです。これでも札差でございますよ。ご公儀のために働いているのに、まるで咎人扱いではないですか」

「ああ、そうだぜ」

ニンマリと笑う古味を、訝しげに徳左衛門は見つめ返した。

「だって、そうではないか。『津軽屋』は大層な稼ぎがあるようだが、札差なんぞ所詮は御用米を扱うに過ぎぬ。なぜ、そんな大金が山程も積まれていたのだ」

「こつこつ貯めたものでございます」

「米俵の中に忍ばせて、千両箱を屋敷に運び込む必要がどうしてあるのだ」

「えっ……」

「川船の船頭が話してたぞ。番頭の伝兵衛も正直に吐いたし、すでに北町で捕らえておる岩六もな……」

「伝兵衛、おまえ……！」

廊下に控えている伝兵衛は、申し訳なさそうに頭を下げた。

「その伝兵衛は先代から仕えており、何年か前に先代が亡くなったとき、〝札差〟の御用札を得たおまえに、引き続き雇われたらしいな。悪事と承知しながら、殺されるのが嫌で我慢していたそうだ」

「殺される、なんて……」

「そりゃ怖いだろう。吟龍一家の本当の元締めは、おまえなんだからな」

古味が睨みつけると、徳左衛門は平然とした顔で、

「何をおっしゃるやら……古味様、それはあまりの言いよう」

「子分たちが白状したのだから、言い逃れは見苦しいぞ。おまえが関八州の泥棒らを仕切っていたってこともな」

「まさか……岩六なんていうヤクザ者の言うことを真に受けるのですか」

「では、どうして、『六文屋』を立ち退かせようと命じてたんだ。散々、嫌がらせをさせておいて、知らぬ存ぜぬは通じぬぞ」

納豆屋の店の名を出したところで、徳左衛門は逆手に取ったように、

「それですよ、古味様……」

と、わざとらしく手揉みをしながら、

「『六文屋』の主人、八五郎てのは、とんでもない奴なんですよ。実は、〝素通りの幹太〟という鍵師なんです。盗人たちが働きやすいように、鍵を開けてやるのが、こいつの仕事でしてね……」

「どうして、そんなことを知っているのだ」

「昔から、噂がありましてね……評判の納豆屋だから私も覗いたことがあるんですが、主人の顔を見て、吃驚しました……私が立ち退きを迫ったと気づいて、仕返しに盗み働きに手を貸したに違いありません」

もっともらしく徳左衛門は話したが、古味は睨みつけたまま、

「おまえが、なんで八五郎の素性を知っているのだと訊いているのだ」

「ですから、それは……」

「残念だが、奴はそんなタマではない。俺は昔から知ってるんだ。だが、おまえが知

ってるという〝素通りの幹太〟という奴なら、俺が十年くらい前に捕らえた」

「えっ……？」

「とうに獄門送りになってる。おまえは、どうしても、八五郎の店を潰したいようだが、もはや不要だろう」

古味は十手をグイと突きつけて、

「謀反の片棒を担ぐために、鉄砲二百挺をそこに運ぼうとしたのだろうが、もうその必要はなくなった。第一、鉄砲を揃える金も仲間を集める金も、失くなったのだからな」

「⁉――む、謀反……」

唖然となる徳左衛門に、古味はさらに十手を胸にあてがって、

「おまえの後ろにいるのは、何処の誰だ。正直に話した方がいいのではないか。公儀に弓引く輩の味方をしたところで、おまえも一緒に首が飛ぶだけだ」

「！……」

「素直に話せば、命だけは助けてくれると思うぜ。温情ある遠山奉行だからよ……そろそろ、年貢の納め時だぜ。年貢を集める札差が納めなきゃならぬとは、皮肉なことだな」

「………」

「どのみち、おまえは一文無しだ」

古味が冷笑を浮かべると、徳左衛門は悔しそうに拳を握りしめながらも、その場に頽れるのであった。

納豆屋『六文屋』の店先には、今日も大勢の客が並んでいた。いつものように天秤棒担ぎも出入りしている。

「さあ、らっしゃい、らっしゃい！　味が自慢の『六文屋』の納豆だ。一度、食べたら病みつきになること請け合いだ！　それが一袋、たったの四文！　さあ、寄ってらっしゃい買ってらっしゃい！」

名調子で声を上げているのは、平吉だった。その横では、襷掛けのお光が甲斐甲斐しく寄り添って、間の手を入れている。

その前を通りかかった熊公は、「今朝も食ったぜ」と声をかけた。

平吉とお光は同時に、恐縮したように頭を下げ、

「毎度、ありがとうございます。親分さん」

「並んでいると、どう見ても夫婦だな」

熊公の言葉に、お光は照れながらも深々と頭を下げて、

「何から何まで、お世話になりました。お陰で、吟龍一家たちは姿も現さず、安堵しております。お父っつぁんもあのとおり」

と店の奥を指すと、障子を背にして、うつらうつら舟を漕いでいる。朝が早いから、疲れているのだろう。

「平穏無事が一番、結構なことだ」

思わず笑った熊公に、お光が近づいて、

「ところで親分さん……私たち、祝言を挙げるんだけれど……」

「おお。そりゃ、めでてえ！」

「それで、仲人にね……」

「あ、俺はダメだぜ。独り者だからな、仲人なんざ、できねえからな」

「違います。吉右衛門さんに頼もうと思って、探しているのですが、何処の何方か分からないんです」

「え？　ご隠居なら……」

「お父っつぁんもよく知らないって言うんですよ。たしか高山様というお旗本の……じゃなかったのですか」

「さあな。俺もよく知らねえ。それに、奥方もいそうにねえし、仲人は無理だろ」

「そうなのですか……残念だなあ……じゃ、古味の旦那は……」

「もっと無理だろ。妻子ある身には違いねえが、女房とは仲が悪いらしい。そんなのに仲人をしてもらったら、縁起が悪いしな」

まるで悪口のように熊公が言うと、お光は寂しそうに、

「じゃ、町名主さんにでも頼もうかしら」

「ああ。その方がいいと思うぜ」

熊公は明日の分も買っておきたいと納豆を注文してから、

「とにかく、危ない目に遭ったが、おまえたちのお陰で、事件は一切片づいた。悪い札差も捕まったし、その後ろにいた大名も公儀から責めを負わされたらしい」

「えっ。そんな大それたことになってたのですか……」

「俺もよく知らねえが、親父さんにありがとうって伝えてくれ」

「お父っつぁんに、どうしてです？」

「いや、なに……納豆が美味えからってよ」

誤魔化すように熊公が言って一方を見ると、ふらふらと吉右衛門が歩いてくる姿があった。思わず手を上げたが、すぐに人混みの中に消えてしまい、そのまま見えなく

なった。もしかしたら、若いふたりの様子を見に来たのではないかと思った。だが、吉右衛門も〝素通りの幹太〟が二度と現れないことを願っているに違いない。

江戸の町々では、「なっとう、ええ、なっとう……『六文屋』のなっとうは、いらんかえ、ええ、なっとう、なっとう……」という売り声が聞こえていた。

第四話　慕情の唄

一

湯屋（ゆうや）の二階で、ひと風呂浴びたばかりの吉右衛門が真剣な顔で、同じ年配の老人と将棋を指していた。

ほとんど負けたことがないと自負している吉右衛門よりも、相手の方が優勢であることを、野次馬よろしく見物している他の客たちの目が語っている。

「ご隠居、もう詰みじゃないですかね」

「無駄な足掻（あが）きはやめた方がいい」

「うん。逃げ廻るのはみっともないですぜ」

「権吉（ごんきち）爺さん。止（とど）めを刺しちゃいいな」

などと声がかかる。権吉と呼ばれた爺さんは、髷も結えないくらい禿げているが、愛嬌のある顔で、目尻が下がっているせいか、いつも笑っているように見える。

座敷の片隅の窓辺では、熊公も大きな体を横にして涼んでいる。

「おめえら、将棋は黙って見てるもんだぜ」

声をかけると、客のひとりが、

「親分。岡目八目ってね、ご隠居たちより俺たちの方がよく見えるんだ。はは、楽しくてしょうがねえやな」

と辺り構わず言ったとき、下っ引の千太というのが駆け上がってきて、

「熊公親分、大変でさ。先程、こんなものが自身番に……」

投げ込まれたと文を持ってきた。

見てみると、『今夜五つ、三軒家の十間堀に抜け荷を載せた舟が着く』と下手な文字で書かれている。

「十間堀……すぐそこじゃねえか」

と熊公が言うと、千太が慌てたように、

「でやしょ。だから、すぐに古味の旦那にご注進申し上げたのに、一笑に付されちまいやした。こんなのは、どうせインチキだろうって。まったく、あの旦那は御用をす

るのが嫌なんですかねえ」

「へえ。まあ、そういう人だ。でも……五つといや、もうすぐじゃねえか？　おい。千太、案内しろ！」

起き上がって浴衣（ゆかた）のまま階下に向かおうとして、足をもたつかせて、吉右衛門と権吉が向かい合っているところに倒れ込んだ。一瞬のうちに盤上の駒が飛び散って、めちゃくちゃになった。

「あっ！　なんてことすんでえ、親分！」

「わざとやったんじゃねえの！　ご隠居さんを負けさせないように！」

などと声が飛んだが、吉右衛門と権吉当人はいたって冷静である。

「次は、五二の銀取りといきましょうかな」

「では、その銀を角で取りと……」

将棋盤がなくても、お互い頭の中で続きを指している。

「ごめんなすって」

熊公はふたりに謝ると、ドスドスと重い足音を立てながら階下へと向かった。

湯屋からは目と鼻の先、仙台堀川（せんだいぼりがわ）からの入り堀、幾つかの蔵が並んでいる所に、熊公と千太は駆けつけた。

だが、宵闇に包まれた一帯は静寂が広がっており、微かに上げ潮によってヒタヒタと掘割を打つ水音だけが聞こえていた。その闇の中に溶け込むように、ふたりは辺りの様子を窺っていた。

「親分……もし嘘だったら、申し訳ありやせん」

「何事もなきゃ、それでいいじゃねえか」

「さすが太っ腹でやすねえ……」

「おまえ、何処見てるんだ」

「あ、そういう意味じゃありやせん」

頭を下げて謝る千太だが、熊公は苦笑しただけで、

「——それにしても、遅えな。刻限は過ぎたと思うが……」

「やはり古味さんの勘の方が当たったんでしょうかね」

「いや。実は近頃、江戸に麝香をはじめとする、ご禁制の嗜好贅沢品が流れ込んでいて、金持ちの商人たちが買い漁ってるという噂もある。とっ捕まえたら、大手柄だ」

「そしたら、俺も岡っ引になれやすかね」

「ああ。古味の旦那に話してやる……おっ。おいでなすったようだぜ」

熊公の顔が真剣になると、千太も息を呑んで、上げ潮に乗って、暗闇の中を近づい

てくる小舟を凝視していた。

船着き場に近づいたが、船頭の姿は見えない。小舟はゆらゆらと船着き場の前に来て、ガタンと石段に衝突するように停まった。

同時、サッと駆け寄った熊公と千太は、

「北町奉行所から十手を預かる者だ！　舟を改めるぜ！」

と大声を発して、掘割沿いにある石灯籠(いしどうろう)の明かりだけを頼りに、小舟に乗り込もうとしたが、アッと目を凝らした。

小舟には、ふたりの船乗り姿の男が乗っていた。だが、櫓(ろ)を摑んだまま、船縁(ふなべり)に乗り出すようにして、ふたりとも息絶えていた。

「おい。どうした、おい。おまえら！」

熊公が小舟に乗り込むと、転覆するかと思えるくらい揺れたが、ひとりひとり確かめると、いずれも死んでいた。まだ体が温かいから、直前に殺されたのであろう。

呆然と千太と顔を見合わせる熊公だが、

「――誰かが、わざわざ投げ文したってことは、本当に抜け荷を報せたかったのか……こんな死体をわざわざ見せつけたかったのか……とんでもねえことが起こったみてえだな」

と怒りに打ち震えるのだった。

骸（むくろ）は直ちに、近くの自身番に運び込まれ、古味覚三郎も駆けつけてきたが、その前に深川診療所の藪坂甚内が来て、検屍を終えていた。

「間違いない。まだ死んで四半刻も経っておらぬ。これほどのことをやるとは、何か意図があるとしか思えぬな」

藪坂は深い溜息で、なんとも言えぬ苦々（にがにが）しい顔になった。ふたりとも何か固いもので、頭を殴打されたのが、死因だった。

「一体、何があったんだ……」

古味もサッパリ分からなかった。投げ文が何のためにあったのか理解できないのだ。すぐに、怪しげな事件として奉行所内でも探索のあり方を話し合い、大勢の岡っ引や下っ引を駆り出して、男たちの身許（みもと）を調べた。身形（みなり）や体つき、日焼けした風貌などから船乗りと思われたが、ふたりの素性を知る者はひとりとして現れなかった。

死体が乗っていた川船の船主すら突き止められず、〝死人舟（しびとぶね）〟と噂され、読売などが書いたが、何も分からないまま日が過ぎていった。

「ここまで探して、素性が知れないとなると、ふたりは流れ者の船乗りでやすね」

熊公が言うと、古味も一応頷いたが、もうどうでも良い顔つきになってしまった。

「旦那……そう思いませんか」

「でもな、こっちは他の事件もある。やはり投げ文は悪戯じゃないかね。死体が乗った川船が流れてきたのは、たまさかのことで、抜け荷だのなんだのとは関わりないかもな」

「そんなに簡単に諦めないで下さいやし」

半ば腹立たしげに熊公は言った。

「おそらく、投げ文をしたのは殺されたふたりか、あるいは船乗り仲間……それに気づいた抜け荷一味が先手を打って、ふたりを殺し、わざと死人を乗せ、上げ潮に合わせて送り出した」

「何のためにだ」

「町方を嘲笑うためにですよ」

「あのなあ……よけい足が付くようなことをするわけがないではないか」

古味が呆れ返っていると、熊公が何を思ったかいきなり、

「麝香って、旦那……そりゃ一体、どんなものなんです。俺は見たこともないし、嗅いだこともねえ」

「えっ。知らねえのか」

「だって、ご禁制の品なんでしょ」

「清国にいるジャコウ鹿の分泌物から作る香料で、まあ催眠薬みたいなものだ」

「へえ。それを何に使うんで？」

「だから、眠たくなるような良い匂いでな、耳かき一杯で一両は下らない。そんなものを欲しがる奴の気が知れぬ」

「で、それは、どんな匂いがするんで？」

「そうだな……甘ったるいような、とろけるような、なんとも妙な匂いでな……」

古味が鼻をヒクヒクさせていると、熊公まで何となく良い匂いがするような気がして、鼻を動かしながら立ち上がった。そして、誘われるように自身番の表に出ると、若新造ふうの女が歩いていた。

「——ああ、良い匂い……」

熊公がトロンとした目になって、女の行方を追っていると、古味も出てきて、

「これだ。ああ、この匂いだ。間違いない」

「また適当なことを……なんで、旦那がご禁制のものの匂いに詳しいんです？」

「何度か探索で調べたことがあるからな。たしかにこの匂いだ……あの女が怪しい。

ああ、怪しい怪しい！」

見境もない様子で、古味は若新造ふうの女の後を尾け始めた。

「だ、旦那……やめなよ。そんなことしてたら、変な奴だと思われますよ。まあ、変だからいいんだけど、まずいですよ、旦那」

後を追いかけながら、熊公が声をかけたが、古味は付かず離れずの間合いを取って、女の後を尾け続けた。

若新造ふうの女が向かったのは、深川材木置き場がある所で、荒々しい人足たちが大勢いる風景の中にあって、まさに掃き溜めに鶴だった。通り過ぎる女を見て、仕事の手が止まる者たちもいた。中には柄の悪いのもいたが、女は気にする様子もなかった。

二

材木置き場の一角に、人足たちの休息小屋がある。その片隅では、盆茣蓙が敷かれており、小銭が散乱している。御法度のサイコロ賭博をしているのは明らかだが、ほんの手慰み程度だから、奉行所も見逃していた。

だが、小屋では今、酒落(しゃれ)にならないほどの大声で、誰かを足蹴にしたり、胸ぐらを摑んで殴り飛ばしたりしていた。

壁に吹っ飛んで倒れたのは——権吉だった。鼻血が出ているが、自分で拭うこともできないほど弱っている。顔が赤いのは、酒を少し飲んでいるせいかもしれぬ。

殴っている三人の若い衆はどう見ても、ならず者であった。着物の裾(すそ)を捲(まく)って、

「おうおう。金がありやせんで済みゃ、お上(かみ)はいらねえんだよッ。借りた金はキッチリ利子をつけて返してもらおうじゃねえか」

と大声で脅した。

見ていた人足のひとりが、

「相手は年寄りだ……勘弁してやって下さいやし」

と言うなり、若い衆はそいつの胸ぐらを摑んで、

「だったら、おまえが返してやるか。エッ。しめて二十両と五分。利子は大負けにしてやらあ。さあ、どうでえ」

「そ、そんな大金……」

「できねえなら、偉そうに口を挟むんじゃねえ。てめえも、ぶっ飛ばされたいかッ」

ならず者は人足を突き飛ばした。他の者たちも恐々と見守るだけだった。

木場人足だから腕っ節も強いし気っ風もあるが、相手が悪すぎる。若い衆たちは、深川一体を縄張りにしている〝梵天の浜蔵〟の子分である。下手をすれば、自分たちにもどのような災禍が降り注いでくるかわからない。

一同が黙りこくると、ならず者たちはまた権吉をいたぶり始めた。

だが、そこに踏み込んできた若い女がいた。先ほどの若新造ふうの女である。そして、いきなり権吉の前に身を投げ出して、

「おやめ下さい。もう勘弁してやって下さいまし！」

と悲痛な声を上げた。

その姿にハッとなった権吉は、なんとも言えない惨めな顔つきになった。

「お金なら、私が払います。幾らですか」

「うるせえ！　女なんぞの出る幕じゃねえ。スッ込んでろ！」

「あなた方、この前もお渡ししましたよね。うちが立て替えたはずです」

「うちが……？」

「日本橋の普請請負問屋『田安屋』の番頭が、キチンと浜蔵親分に払ったはずです。なのに、また……」

「また借りたから取り立てに来たんだよ。おまえは馬鹿か……」

と言いかけたならず者は、

「へえ、そうかい……おまえさん、『田安屋』のなんだい。娘かなんかかい」

「嫁です。主人・安右衛門の嫁の早苗です」

「『田安屋』安右衛門の嫁……主人はもう五十過ぎているはずだが、へえ……大店の金持ちってなあ、こんな若くて別嬪さんを嫁にもてるのかい。へへ、羨ましいなあ」

ならず者たちは下卑た笑いを浮かべながら、早苗に近づいた。

「たまんねえなあ……良い匂いしてやがる……むしゃぶりつきたくなるぜ」

と、ならず者のひとりが腕を伸ばしたとたん、早苗は相手の頬を思い切り平手で打った。見事なまでにパシッと音がした。

「てめえ、女だと思って調子に乗りやがってッ」

ならず者たちがカッとなって早苗を捕まえようとしたとき、

「おまえらこそ調子に乗るな。俺が相手になってやるから、女から手を放せ」

と声をかけながら入ってきたのは、古味だった。すぐさま熊公も乗り込んで、十手を突き出して睨みつけた。

ならず者たちは古味の顔を知っている様子で、すぐに早苗から離れると、

「借りた金は必ず返しやがれ。いいなッ」

と権吉に吐き捨てて、三人とも小屋から出ていった。

思わぬ助けに、早苗が頭を下げると、古味もならず者同様、助平たらしい顔になり、

「良い匂いに誘われてきたのが縁の始まりってところか」

「え……？」

「いや。なんでもねえ……おまえら、ここでのショボい博打は大目に見てやるが、あんな奴らと関わるんじゃねえ。でねえと、借金漬けにされて、ろくでもないことになるぞ」

古味が適当にあしらおうとすると、人足のひとりが、

「俺たちゃ借金なんぞしてねえ。危ねえのは、その爺さんだよ」

と、早苗の前で俯いている権吉を指した。

熊公はさっきからじっと見ているが、

「おまえさんは時々、『松ノ湯』に来て、吉右衛門さんと将棋を指してるが、一体、何をしてるんでえ」

と訊いた。

答えたのは、早苗の方だった。

「私の身寄りなんです。父親なんです」

「うるせえ。余計なことを言うな。俺はおまえなんぞ知らねえ」

権吉は嗄れ声で、必死に返した。古味はふたりの顔を見比べながら、

「私は……」

「聞こえてたよ。普請請負問屋『田安屋』といえば、結構な大店だ。公儀普請も扱ってるから、町方でも承知してる。立派な大店の内儀さんが、どうして……」

「うるせえ。関わりねえって言ってるだろ」

乱暴な口調で繰り返す権吉を、早苗はもう諦めたような感じで、

「――これで、なんとかして下さい……私ももう父親とは思いませんから」

と権吉の前に財布を置いて、古味と熊公に頭を下げると立ち去った。

そっぽを向く権吉だが、古味が財布を開けると、十四、五両も入っている。

「大層な金だが、おまえが持っていると、どうせ博打で消えるだろうから、俺が返しておいてやるよ」

半ば強引に財布を持って、古味は表に出た。

「旦那……それはいけやせんよ」

「何がだ」

「人の物を勝手に懐するなんざ、あんまりですぜ」

「馬鹿か、おまえは。この財布や金が動かぬ証拠になるかもしれねえんだよ」

「えっ……？」

「早苗という女……麝香の匂いを振り撒いてやがる……てめえじゃ慣れて気づいていないんだろうがな……」

意味ありげに微笑する古味を、熊公は少し感心しながら、

「たまには探索らしいこともするんですね」

「おめえなッ……まあ、いい。あの女から目を放すな」

古味は珍しく事件を嗅ぎつけたのか、苦み走った表情になるのであった。


普請請負問屋『田安屋』は辺りの大店に比べても、一際、広い間口であった。

徳川御三卿の田安家とは関わりはないが、代々、『田安屋』安右衛門を名乗っているのは、江戸城の田安門を修復したことから、田安家から名乗って良いと許されたからだという。

早苗が重い足取りで表の暖簾を割って入ると、番頭や手代たちが一斉に、「お帰りなさいまし」と声をかけた。が、早苗は生返事をするだけで浮かぬ顔である。

奥の部屋に入っても、しばらくぼうっとしているので、気づいた主人の安右衛門が

心配そうに声をかけた。

「外出着のままでどうした……」

安右衛門は五十過ぎの男だが、大店の主人らしく恰幅も良く堂々としているから、夫婦というより父娘か、年の離れた兄妹にしか見えない。安右衛門が近づいて、「おい」と肩に触れると、初めてハッと吃驚して、

「あら……お帰りですか……」

「今日はずっと店にいるよ。なんやかやと、売り掛けや普請人足手当てなどのことで忙しかったのでな……それより、どうした。出先で何かあったのか」

「い、いいえ別に……ちょっと考え事をしていたもので」

「だったらいいが、体の調子が悪いのでもないのだな」

と早苗の前に座り、目を細めて愛おしむように手を握った。子供を見るように眺めながら、安右衛門は言った。

「おまえは私だけのものだ……昔のことは知らないし、何も訊かないが、ずっといておくれよ……おまえの姿が見えないと、出ていったのではないかと、心配でしょうがないんだ」

「…………」

「あはは、飼い猫が迷子にならないかと案ずるのと同じでな」

と軽く抱きしめると、安右衛門はわずかに顔を顰めて、

「――早苗……おまえは、アレを身につけたまま出かけているのか？」

「はい。あまりに良い香りなので、手放せないというか……」

早苗は胸元に手をやり、挟み込んであった匂い袋を出して見せた。

「この香料は、大奥や公家など高貴な御方の間で使われるもので、その一袋だけで、何十両もするものなのだよ」

「えっ。そうなのですか……」

「町場の女が持っていると知られると、妙な誤解をされたり、妬まれたりすることもあるから、これからは家にいるときだけにしなさい。分かったね」

「そ、そんな高価な物とは知らず……申し訳ありませんでした」

「なに、謝ることではない。気をつけてくれれば、それでいいんだ。私はこの匂いがたまらなく好きでね。この匂いに包まれているおまえが、また大好きなんだよ」

愛おしげに抱きしめる安右衛門だが、早苗の目はどこか冷ややかに覚めていた。

三

　高山家では今日も相変わらず、炊き出しが行われており、身寄りのない人々が集まって、美味しそうに食べている。その代わり、近所の通りや水路の掃除などをするし、子供たちと混じって遊ぶことも常だった。

　吉右衛門はほとんど毎日のことながら、賑やかな光景が好きで、心が癒やされていた。孤独が気持ちを萎えさせることを知っているからこそ、和馬も吉右衛門も、困った人々をできるだけ助けているのである。

　もっとも、人助けを、「独りよがりだ」と文句ばかり言う人もいるが、吉右衛門はそういう人にもニコニコ笑いかけて、

「ええ。私は自分のために人助けをしているのです。そもそも、情けは人のためならず、ですから、ふほほ」

　と惚けている。

　一息ついた和馬と吉右衛門の前に、手伝いに来ていた千晶が茶を差し出した。薬代が払えずに診療所にも来られない人の〝堅固〟を診るためでもあった。

「どうぞ、漢方薬入りのお茶です。少し苦いですが、体中に巡って、色々な疲れをほぐしてくれますよ」

「これは、有り難い。もう面倒くさいから、この際、和馬様の嫁になったらどうですかね」

吉右衛門が声をかけると、千晶は苦笑いしながら、

「面倒くさいからって、どういう意味ですか、ご隠居。私、和馬様と一緒にいられるなら、お嫁さんにならなくたっていいんです。こうして手伝えるだけで、みんなの幸せそうな姿を見ているだけで幸せなのです」

「もしかして、私がいるから、踏ん切りがつかないんですかねえ」

「どちらがです？」

「ふたりともです……そうだ。しばらく私は旅に出ることにしよう」

「えっ。何を言い出すのです」

「よっこらしょ」

茶を飲み終えた吉右衛門は、立ち上がると奥の部屋に消えた。千晶が気にするように見ていると、和馬は鼻で笑いながら、

「旅に出るとは、厠に行くことなんだよ」

「そうなんですか……」

「まともに聞かない方がいい。それより、聞きたいと言ってた、『田安屋』のことだがな、小普請組とは関わりがあるので、よく知っているというほどではないが……千晶がなんで、『田安屋』を調べてるんだ」

　和馬も茶を啜りながら尋ねると、千晶は真剣な顔になって、

「あくまでも噂なんですけどね。『田安屋』では、清国や南蛮(なんばん)渡りの薬や朝鮮人参(ちょうせんにんじん)なんかを密かに扱っているとかでね」

「まあ、その手のことは『田安屋』に限らず、廻船問屋なんぞではありがちなことだがな。たしかに普請請負問屋とは釣り合わぬ。それで、何が気になるのだ」

「深川診療所の藪坂甚内先生のところにも、持ち込まれたことがあるんですよ」

「御法度の薬をか」

「ええ。先生が調べたところ怪しいのが幾つか……麻黄(まおう)、桂皮(けいひ)、芍薬(しゃくやく)、甘草(かんぞう)、乾姜(かんきょう)など、よく使われるのに混じって……『田安屋』の主人というのは、どういう方なのですか」

「俺が会った感じでは、至って普通の商人だがな。年の頃は、五十二、三……代々、続く店を地道に守っている感じだ」

「で、女房や子供は……」

「前の内儀は病で亡くなったそうだが、つい一年ほど前に、どこぞの料理屋の仲居上がりの女を後添えに貰ったとのことだ」

「ああ。それが、古味の旦那が探ってる人ってことね」

「探ってる……?」

　小首を傾げる和馬に、まるで噂話でも楽しむ長屋のかみさん連中のように、

「なんでも、私くらいだから、三十歳ほども年が離れているそうですよ。そのせいか、主人の安右衛門さんの可愛がりようったら、傍目から見ても、やりすぎって感じらしい」

「産婆や骨接ぎをしてると地獄耳になるのだな」

「熊公親分が来て喋ってるだけですよ。古味さんが、『田安屋』の内儀さんにゾッコンなんだってさ。人妻に対して、ねえ……」

　ふしだらだと言いたげに身震いした千晶は、安右衛門自身の評判も訊いた。和馬は知っている範囲で答えたが、仕事熱心で腰が低く、商売は堅くて、普請請負問屋仲間や材木問屋の主人、普請人足たちからも評判は上々だとのことだ。

「ただ……今の商売を始める前に、何をやっていたかってことは、分からぬとか」

「えっ？　だって、代々、続いているんじゃ……」

「だから『田安屋』はもう六代目だ。今の安右衛門は入り婿。前の内儀がひとり娘で、男兄弟もいなかったらしい」

「へえ……だったら、古味の旦那や熊公親分の鼻は利いてるってことかな」

「どういう意味だ」

「ご禁制の薬のことよ。どうやら、そのことで、ふたりは『田安屋』に目を付けているらしいの。何か分かれば、藪坂先生も手を貸すと話してた」

「――そうか……ま、俺は関わりないな」

「どうしてです。普請請負問屋じゃないですか。不法なことをしてるなら、そんな所に公儀普請を頼んじゃ駄目でしょ」

「分かった、分かった。おまえも妙に町方の探索に首を突っ込まないで、ちゃんと自分のことをやるがよかろう」

「やるがよかろう……なにさ、いつも見下したみたいに、偉そうにッ」

千晶はいつものようにプーッと頬を膨らませて、立ち去っていった。厠から帰ってきた吉右衛門が見送りながら、

「また夫婦喧嘩の真似事ですかな」

「違う、違う。あいつはよくひとりで怒って、ああなるのだ。武家の嫁には向かぬ」

「はは。まあ、そうおっしゃらず……実は私も『田安屋』は気になっていたのです」

「ご禁制の薬のことか」

「いいえ。早苗という後添えは、私の将棋敵と曰くがありそうなのでね」

吉右衛門もまた妙なことを言い出すので、和馬は心安らかに過ごしたいと、ゴロンと横になって天井を見上げた。


普請請負問屋『田安屋』の暖簾を割って入ってきた古味と熊公の顔を見るなり、早苗は吃驚したように、

「あ……先日は、危ないところを、ありがとうございました……」

と店の者に気遣いながら挨拶をした。

「十手を持つ身として当たり前のことをしただけだ。これを返しておくぞ」

古味が財布を手渡そうとすると、早苗は驚きつつも拒んで、

「それは、父親に上げたものですから、困ります……」

「若いのに、さすがは大店の内儀さんだけあって、太っ腹だな。十五両も入ってたが、こんな大金をやっても、どうせ、ろくな使い方をしないと思うぞ」

「私の勝手だと思いますが……」

明らかに迷惑がった早苗の言い草だが、古味は言葉尻を捕まえて、

「勝手にはできないんだよ。この財布の金なんかどうでもいいんだ。臭いだよ……それが妙に気になってな」

「臭い……」

「ああ。大店の内儀が持っている上等な財布にしては、小便臭いんでな。気になって調べてみたら、僅かだが黒褐色の粉があった」

「…………」

「それは明らかに、阿片(あへん)という芥子(けし)の実から作られた塊(かたまり)が砕かれたものだ。町奉行所内にも、その手の探索が得意な連中がいるのでな。確かめてもらった……阿片に間違いない」

古味の話に、早苗は不審顔で見ているが、特に何か返す言葉はなかった。

「まあ、阿片は麻酔薬として使うこともあるから、密かに出廻ることもあるだろうが、どうもおまえとは繋がらない……と思ったが、阿片を繰り返し吸引することで、ひととき浮き世の憂さを忘れられると、内緒で使っている奴もいる」

「…………」

「それで分かったんだ。おまえが、良い匂いをさせていることが……阿片の変な臭いを消すために、麝香を使っているのだろうってな」

「えっ……」

とっさに胸元に手をあてがった早苗を、古味は凝視して、

「俺の言うとおりなんだな」

「…………」

「実は、この店の蔵に抜け荷の品があると、奉行所に垂れ込みがあってな。一応、御用なので調べさせてもらうぜ」

「お断りします」

すぐにキッパリ断った早苗を、意外な目で古味は見ていた。熊公も艶やかで美しい若い女の声にしては、あまりに鋭すぎて、百年の恋も冷める思いだった。

「蔵は、商人にとって命も同じ。主人は用事で出かけておりますので、その間に、お開けするわけにはまいりません」

「ならば、番頭の立ち合いならよかろう」

「番頭とて、蔵の鍵は持っておりませんから。今日の所は……」

お引き取り下さいと早苗が言おうとしたとき、

「構いませんよ。私が開けましょう」

と声があって、安右衛門が外から入ってきた。

「おまえさま……」

早苗は不安が込み上げてきたが、安右衛門は至って平常心で、

「お上の御用に逆らってはいけないね。何か疚しいことがあると誤解されます。うちは普請請負問屋ですから、呉服屋や米屋、油屋のように物は置いてませんからね、殺風景なものですが、さあ、どうぞこちらへ」

と自ら案内して、裏手の石蔵に招いた。錠を外して扉を開いた安右衛門は、

「遠慮なく、お調べになって下さいまし」

中はガランとして、蔵の中にはほとんど物らしい物はない。千両箱が二つと米俵や油桶、柳行李の類いが幾つかあるくらいだ。大店にしては呆気ないほど、何もなかった。

呆然と見廻す古味の後ろで、熊公も低く溜息をつくばかりだった。だが、蔵の外に控えている早苗は、あっと目を見張っている。

その表情をたまたま見て、気になった古味は、

「内儀さん。どうかしたのか」

と訊いた。

「い、いいえ。別に……」

明らかに動揺している様子だったが、すぐに安右衛門は遮るように、

「早苗。座敷に、旦那方の茶を用意してくれ」

と誤魔化すように言った。そして、古味の横に来ると、

「ご覧のとおりでございます。一体、何をお探しになりたいのでございます？」

「麝香や鼈甲（べっこう）といったご禁制の品だ。ここにあると投げ文がな……」

「折角ですが、どうも見当外れでしたね、古味様。きっと、うちを妬んでの意地悪でしょう」

安右衛門は笑みを洩らした。

「妬まれるようなことがあるのか」

「商売人というものは勝手に嫉妬するものです。特に上手（うま）くいっている者には……しかも、私は婿入りした身ですからね。なんの苦労もなく、〝先代の七光り〟で商いをしていると思う人もいるようですから」

「まあ、世間とはそんなものだろうな」

「私なりに努力をしてきたつもりはあります……売り上げも先代を超えてますので」

「――先代が亡くなったのが十年前、女房が亡くなったのが八年前だとか……その前は一体、何処で何をしていたのだ」

古味が突然、訊いたが、安右衛門は驚きもせず、

「普請場人足ですよ」

とアッサリ答えて、自分は上州山子田という貧しい村の出だと言い、出稼ぎに江戸に来てから、もう帰る気がしなくなったと話した。

「故郷を恋しいと思ったことはありません。生みの親はそれこそ早くに亡くしているし、預けられた親戚には随分といじめられました。野良仕事が嫌いということはありませんでしたが、本当に何もない所で、良い思い出は何ひとつない」

「…………」

「若い頃は力もあった方ですから、普請場はむしろ楽しかった……気の合う仲間もできたし、江戸の水が合ってたんですね」

「で、ここに出入りしているうちに、先代の娘をたらし込んだってわけかい」

からかうように古味が言うと、安右衛門は「とんでもない」と首を横に振った。

「まさか。私は奥手でしてねえ」

「あんな若い女房を手に入れたのにかい」

「ご冗談を……早苗の方が先に、私に惚れたんですよ。前の女房も同じで、私と一緒になりたいと言い出して……そりゃ雇ってる人足なんぞを娘の婿にしたい父親がいるわけがない。大反対でしたよ」

「ほう。もてる男の自慢かい。なんとなく、世間がおまえさんのことを妬むのが、分かるような気がしてきた」

　古味が探るような目になると、安右衛門は少し面倒くさそうな声で、

「旦那……ご覧のとおり、お探しの物は何もないのですから、そろそろご勘弁下さい。私も忙しい身なので」

「なるほどな。さすがは元船乗り……湊々に女ありって、適当な嘘をついて口説いていただけのことはあるな、安右衛門……いや、伊勢鳥羽生まれの万次郎」

「⁉︎――」

　安右衛門は目が飛び出るほど吃驚した。古味はその顔をまじまじと睨んで、

「おや、図星か。おまえの指にある胝を見て、長年、櫓を漕いでいた艀人足だろうと思って、適当な名で呼んでみたのだが……ふふ。あの万次郎だったとはな。こいつは春から、いやもうすっかり夏だが、縁起がいい」

「…………」

「まあ昔のことはいい。これからは仲良く頼むぜ、安右衛門さんよ。俺のことも噂にくらい聞いたことあるだろう。京橋、日本橋辺りじゃ、煙たがられてるからよ」

古味は何かを摑んで、強請ってでもいるような態度で笑うと、

「また来るぜ」

と背中を向けて出ていったが、安右衛門は蔵の奥を見たまま表情を強ばらせ、奥歯をギリギリと嚙みしめていた。

四

日本橋を闊歩してくる古味を、後ろから追いかけてくる熊公が、

「旦那。何か摑んでるんでやすかい？　だったら、俺にも聞かせておくんなさい」

と声をかけた。

「おまえは、どう思う。熊公」

「どう思うって……誰なんですか、伊勢鳥羽生まれの万次郎って」

「昔、抜け荷を請け負っていた船頭らが何人かいてな、沖合の船から陸まで運ぶ艀の船頭たちが組んで、ご禁制の品を廻船問屋などに流していたのだ」

「えっ。そんな奴らが……！」

「伊勢鳥羽の万次郎ってのは、抜け荷に携わった船頭たち一味の通り名で、町方では何人か捕らえたが、他にどれだけいたかは不明のままなのでな」

「じゃ、安右衛門がそのひとりだと？」

「確証があるわけじゃないが、さっきの面を見たら分かるだろ。『田安屋』に雇われた普請人足だってのは本当だろうが、あの驚いた顔を見たか……すべてを語ってらあな」

「でやすね……」

「それに、早苗という女房……あの女も何か関わっていると見て間違いないだろう」

古味は確信したように言ったが、熊公は小首を傾げて、

「そいつは、どうですかね」

「なに……？」

「たしかに、蔵の中を見て驚いた様子ではありやしたが、阿片や麝香の話をしても、特に顔色は変えなかった。つまり、早苗って女は阿片や麝香については何も知らないんじゃないいんですかねえ……でねえと、そんなものが入っていた財布を人に渡しますかねえ」

「人じゃない。父親だ」

「そのこともキチンと調べてみないと、なんとも……やはり、旦那は女を見る目がないんじゃありやせんか?」

「てめえ、からかってるのかッ。こっちは真面目に……」

「相済みません。女の方はひとつ、あっしに任せてくれやせんかね。早苗の父親ってのは、吉右衛門さんと仲良しらしいんで、そこから突っついてみてえんです」

「まあ、好きにしてみな。俺は、あの安右衛門が気になって仕方がない。叩けば埃(ほこり)どころか、大手柄が転がってくるかもな」

「やはり、そこですかい」

熊公はクスッと笑ったが、十手を腰に挟み直すと一礼して、駆け出していった。ドスドスと重い響きがして、今にも橋の板が抜けそうに見えた。

その夜――『田安屋』の二階の一室では、安右衛門が狂おしいほどに、早苗を抱き竦めていた。何度も何度も、

「私はおまえを離さないぞ。おまえがいなければ、私はこの世に居ても仕方がない」

と言っては愛撫したが、早苗の方はどこか冷ややかだった。

「このところ、毎日のように出かけているようだが、何か心配事でもあるのか」

「いいえ、別に……」

「しかし、北町定町廻り同心が来るなんてことは、ついぞなかったことだし……何か変なことに巻き込まれているのではあるまいね」

「ありません……」

「だったら、いいが……もし、おまえに妙な輩がちょっかいなんぞ出したら、町方なんぞに頼まなくても、この私が話をつけてやる。だから、安心して本当のことを言うんだよ」

早苗は小さく頷いたものの、やはり心ここにあらずという表情だった。それでも、安右衛門は愛おしそうに抱きしめながら、

「まさか、おまえ、浮気なんぞしてないよな……気になって仕方がないんだ」

「浮気だなんて、そんな！」

少しばかり気色ばんだので、逆に安右衛門は不審な目になったが、

「ははは、冗談だよ。おまえがそんな女ではないことは、私が一番良く知ってる。はは、疑ってなんかいるものか」

と気持ちを抑え込んだ。

だが、早苗の方が訝しげな顔で、わずかに突き放す仕草で訊いた。

「それはそうと、おまえさま……あの荷は何処にやったのです？」

「あの荷……？」

「何日か前、夜中に運び込んでいたでしょ。私、物音に目が覚めたんです。そしたら寝床におまえさまはいなくて……」

「！……近頃、近くなってな」

「いいえ。見たんです。店の者たちが蔵に荷物を運び入れていたのを……おまえさまもその場にいました」

「…………」

「それが、北町の旦那らが来たときには、もうありませんでした。いつの間に、何処へ移したのですか」

早苗は責める口調になって、

「まさか、あれが抜け荷とやらでは、ありませんよね」

「馬鹿を言うなッ。あれは、ただの茶や干物だ」

ムキになって声を強める安右衛門を、驚いた目になって早苗は見た。行灯の薄明かりの中、影のように揺らめく安右衛門の顔は、恐ろしいほど怖がっていた。それを見

た早苗の反応に、

「本当だ。普請奉行や小普請奉行、作事奉行の方々や人足頭らに配るものだ」

と安右衛門は声を穏やかにして言った。

「だったら、昼間に運び込むのが、ふつうではありませんか」

早苗はよほど違和感を抱いていたのか、いまひとつ問いかけた。

「古味様が言っていた〝伊勢鳥羽生まれの万次郎〟というのは誰のことなのです」

「…………」

「まるで、おまえさまを指しているような言い方でしたが」

「――知らない……私はただの普請人足で、先代に世話になり、娘婿になっただけのしがない男だ……おまえに会ったのは、主人としての色々な付き合いで、あの料理屋に案内されたのが縁だ……」

「…………」

「そんなに私の過去が気になるなら、いくらでも話すし、昔の仲間とも会わせてやるよ……私を信じて欲しい。決して、人に後ろ指を指されるようなことはしていないからね」

安右衛門は抱き寄せようとしたが、

「ごめんなさい……今夜は気分がすぐれないんです……」

と背中を向けた。

安右衛門の目は疑惑を増していき、早苗のうなじを凝視していた。

五

翌日、やはり早苗はひとりで店を出て、何処かに出かけていった。

店の奥から何気なく見ていた安右衛門は、帳場にいた番頭の善兵衛に耳打ちし、手代の巳之助に尾けさせた。浮気を疑っているわけではないが、抜け荷の話を持ち出してきたことが気になったからである。

善兵衛はすぐに自分も行こうとしたが、

「おまえが出向けば、妙に勘繰られて藪蛇になる。用心のために手代に見張らせていた……ということでよい」

と言って追わせたのだ。

早苗が向かったのは、先日と同じ深川の木場だった。

普請請負問屋の内儀がうろついていても不思議ではないが、店から遠く離れた、女ひとりで出向く場所ではない。しかも、きちんとした材木問屋ではなく、渡り人足がたむろしているような怪しげな界隈だった。

木場の外れに、材木を載せた船が停泊する船着き場がある。その辺りにも足を進めて、早苗は行き交う人に声をかけていた。

「――はい。名は権吉。もう六十半ばです。見かけはもっと老けて見えますが、いつもいるはずの小屋にもいないのです」

早苗は必死だが、人足たちは忙しいから面倒くさそうに、

「権吉……さあ、知らねえなあ」

「渡り人足なら、もう何処ぞへ流れていってるんじゃないのか」

「名前も聞いたことねえやな」

「そんな爺さんじゃ、仕事になるめえ」

「お内儀さんよ、そいつに何の用だい。色事の相手なら俺たちがするぜ」

などと半ばからかいながら答えた。

逃げるように立ち去る早苗だが、それでもあちこちを歩き廻った。何度も尋ねた相手に首を振られたが、結局、盛り場の半端者が集まるような店で、ようやく権吉の居場所が分かりそうだった。

「――本当ですか。知っているんですね」

早苗は目を輝かせたが、目の前にいるのは、どう見てもやさぐれた者たちばかりだった。女が立ち寄る所ではない。

「この前までは、木場の休息小屋にいたのですが、まったく分からなくなって……権吉に間違いないのですね」

「ああ。知ってるどころの話じゃねえ。あの爺イとは、寄場で三年も一緒に臭い飯を食った仲だからよ。随分と前のことだがよ」

「えっ……権吉は寄場に送られたことがあったのですか」

「送られたどころか、主みたいなものだったぜ。幸い佐渡の金山送りにはならなかったようだがな」

石川島の人足寄場は、天明の飢饉がキッカケで、関八州の村々から江戸に多くの無宿人が集まったことによってできた。柄の悪い連中が増えて、治安が悪化したからだ。また、宿なしの者たちが寒さ凌ぎに焚き火をして、火事が増えたから、その無宿人対策でもあり、寛政の改革の中で、人足寄場が設けられたが、いわゆる罪人を投獄する牢屋敷ではない。無宿人や刑を終えたが引き取り手がない者たちが集められた〝厚生施設〟である。仕事を覚えさせるのが目的だった。

寄場には幾つもの作業場があり、大工仕事に建具作り、塗物から紙漉きなど、手に技を持たせることができた。とはいえ、根が悪い輩も多く、まっとうな仕事に就かずに、ならず者のような暮らしをしているのもいた。

権吉はその類いだという。この手合いは、若い頃は羽振りがいいが、年を取ると惨めに落ちぶれるのが運命だ。

早苗は自分の父親が、このような境遇に陥っているとまでは知らなかった。

「――権吉は、何か悪いことをしたのですか……」

「悪いどころじゃねえぜ。喧嘩はしょっちゅうでな、今でも啖呵だけは半端じゃねえが、年を取った上に、色々な病があるから、情けないもんだぜ。まあ、ろくでなしの人生には相応しい終いだがな」

「ろくでなし……」

「酒の上で喧嘩して、人を刺したことなど、二度や三度じゃねえだろうな」

凄惨な話に早苗は怯むが、それを振り切るように、

「お願いです。知っているのなら、居所を教えて下さいまし」

「別にいいけどよ……若いお内儀が行く所じゃねえ。悪いことは言わねえ。あの爺さんと、どんな付き合いがあるのか知らねえが、関わらない方が身のためだぜ」

「父親なんです。どうか、どうか……！」

悲痛な顔で訴える早苗を見て、

「あの権吉爺さんの娘……本当かよ……だったら、なんで、あんな暮らしを……」

と半端者は、溜まり場を教えるのだった。

そこは——同じ盛り場の外れだが、もっと酷い所で、あちこちで小便と酒が入り交じった悪臭を放っていた。

辻灯籠などなく、何軒かの店から洩れる明かりで、ようやく道が見えるようなところだった。

教えられた飲み屋には、凶悪な顔の浪人者やヤクザ者が何人もいて、真っ昼間から大声で馬鹿笑いしながら酒を呷っていた。

その片隅で、呷るように権吉が酒を飲んでいた。

周りにいるならず者に比べて、権吉はひ弱にさえ見えた。腐ったような目はしているが、この場には相応しくない男に感じる。

「おい！　もっと酒持って来い！　今日は俺の奢りだ！　ケチケチするな！」

権吉が店の者に大声で要求したとき、その顔が一瞬、ビクッとなった。

戸口に立つ早苗の姿に目が留まったからだ。

「⁉――」

早苗の方も驚いて立ち尽くしている。それを見た浪人者がおもむろに立ち上がると、もたついた足取りで早苗に近づいて、

「おう。どこのお姉さんだ。随分と別嬪だなあ……もしかして、新手の〝けころ〟か夜鷹か……ふひひ。たまらんなあ」

と手を掛けようとすると、権吉が「よしなッ」と声をかけた。

浪人者は振り返って、「なんだ、爺イ」と言いかけたが、他のヤクザ者たちが、

「やめとけ。今日は権吉さんに奢ってもらってんだろうが」

「なんだと。賭け将棋で勝っただけじゃねえか」

「金の出所は何処だろうと、馳走になってる身なんだから、我慢しなよ。こんな上玉、そうそういねえ。先に譲ってやんな。どうせ、しなって役に立たねえだろうけどよ」

と止めた。

他のヤクザ者たちは笑いながらも、浪人者を元の所へ座らせた。明らかに権吉に気を遣っている様子である。博打で勝ったのか、今日の権吉は金廻りが良さそうで、この場にいる若い衆たちも上機嫌なのであろう。

「おい――」

権吉に押しやられるままに、早苗は店から離れた。そして、少し明るい通りまで来ると、権吉は強い口調で、

「何度も言わせるな。二度と来るな。帰れ」

と吐き捨てて立ち去ろうとした。

早苗はその腕を摑んで、

「どうして私の顔を見ると逃げようとするの！　何日も探していたのよ。いいえ、何年も探し続けていたわ！」

「………………」

「おっ母さんが早くに病で死んで、あなたがひとりで私を育ててくれたことは感謝している。でも……でも、どうして私を置いて、急にいなくなったんですかッ」

顔を背けたまま権吉は呟くように、

「今が幸せなら、いいじゃねえか。俺のような寄場帰りに関わり合うことはねえ」

と振り切っていこうとしたが、早苗は縋り付いて放さない。

「八年ぶりに会ったのよ。それなのに、なんで……ちゃんと顔を見てくれないの」

「………………」

「別れたときは十四になったばかりだった。でも面影があるでしょ。おっ母さんにそ

っくりでしょ、ねえッ」

「忘れちまったな。そんな昔のことは」

「私は忘れないッ」

早苗は懐中から、お守り札を取り出して見せた。そこには小さな指先ほどの白狐(びゃっこ)の人形が付いており、ぶらぶらしている。

「覚えてるでしょ、これ」

「………」

「お父っつぁんがいなくなる前日、村祭のときに長寿神社(ちょうじゅじんじゃ)で買ってくれたお守り……おっ母さんの分まで長生きしろよって……なのに突然、いなくなった。江戸の『八百萬(やおまん)』という料理屋に行けとだけ書き置きを残して……」

一瞬、見交わしたふたりの顔に、賑やかな祭の太鼓囃子(たいこばやし)の音が蘇(よみがえ)った。

粗末な身形の権吉と、少しばかり着飾った娘盛りの早苗が、仲良し父娘の風情で、香具師(やし)たちの屋台が並ぶ参道を歩いている。本殿の前で、丁寧にお参りすると、社務所のところで、権吉はお守りを買って、早苗の手に握らせた。

そんな思い出が、ふたりの脳裏に去来した。早苗はそれを見せて、

「こうして大切に持ってたんだ。いつか会えると信じて」

「なんだ、そんなもの……ガキじゃあるめえし」

「そんなもの……？」

「俺は、おまえのことなんざ、とっくに忘れちまった。女房のことも娘がいたことも、まったく覚えちゃいねえ」

早苗が唇を噛んで眉間に皺を寄せると、権吉はジロリと睨んで、

「なんだ、その面……俺が悪かった、許してくれ、勘弁してくれと、泣きすがるとでも思っていたのか」

「…………」

「こちとら、人の借金を背負って、てめえが生きるのに精一杯でな。少しくらいは真面目に働こうと思ったが、馬鹿馬鹿しくなってよ……何をやっても裏目裏目。ハハ、丁半博打も一緒だ。ろくに当たったためしがねえ」

自嘲気味に笑った権吉は、つくづく運がないとぼやいて、

「挙げ句の果てに、人を刺してオジャンだ。とどのつまりが牢屋敷送りよ。シャバに出てきても、結局は寄場暮らし……だから、俺なんぞに関わるなってんだ」

「お願い……私は普請請負問屋の『田安屋』の主人に見初められて……」

「ああ、そうかい。そりゃ、ようござんした。だったら余計に、世間の鼻つまみ者の

寄場帰りなんかを相手にすんじゃねえ。あ、それともなにかい。普請請負問屋だから、俺を安く雇いたいってか、ええ？」

「違うわ……苦労したんだから、楽させてあげたいの……だから、うちの人に会って、ちゃんと話したいの……」

「…………」

「分かってるんだ、私……あの書き置きどおり、『八百萬』を訪ねた。そしたら、ここなら身売りをせずに済む。借金……しかも、あれは友達の借金だったんでしょ。それを返すために働くから、私を預けたんだって……いつか必ず迎えに来るって、『八百萬』の女将(おかみ)さんが……」

親切に面倒を見てくれたと、早苗は伝えてから、今度は自分が孝行する番だと言った。だが、そんな話をされても、権吉は余計に、

「しつけえな……どうでも俺にちょっかい出すってんなら、さっきの奴らを呼んで、ここで手籠めにしてしまうぜ、おい！」

と凄んだ。

「お父っつぁん……！」

「誰が、お父っつぁんだ。てめえみたいなアバズレ娘を持った覚えはねえやい！　ど

うせ、色気で惑わして金持ちをたらし込んだんだろうが！　でねえと、親子ほど離れた奴の嫁になんかなるもんか！」

権吉が怒鳴り上げると、早苗は打たれたように立ち尽くして、

「酷い……あんまりだ……そんなろくでなしとは思ってもみなかった……」

と背中を向けると、振り切るように必死に駆け出した。途中、履き物が脱げたが、構わず一目散に逃げていった。

それを、ずっと見送っていた権吉は、早苗の姿が見えなくなると、

「——す、すまねえな……早苗……お父っつぁんだぜと、抱きしめたいのは山々だけどよ……下手な情けは、おまえのタメにならねえ……すまねえ、申し訳ねえなあ……」

と涙ながらに呟いて、その場にうつ伏してしまった。

その前に、人影が立った。吉右衛門である。

「そういうことでしたか……」

エッと見上げた権吉は、不思議そうな目で見上げているだけだが、吉右衛門は情け深い微笑みをかけて、

「あなたの将棋には一歩も引かない鬼気迫るものがありましたが、棋風というのにも

人生が表れるものなんですねえ」

「………」

「賭け将棋に勝ったとか。ついでに私ともどうです。人生を懸ける一局を……」

薄汚れた界隈で、なぜか神々しく光っている吉右衛門を、権吉は崇めるように見上げていた。

六

その夜、『田安屋』の離れで、安右衛門は普請奉行の苅部敬之助と会っていた。幾つかの橋梁架け直しについてだが、本当は違うことを話していた。

苅部は不機嫌に酒を飲んでいるが、それが普段の顔つきなのかどうか判別できないくらい、人相が良くなかった。

安右衛門はひたすら頭を下げており、

「──もうご勘弁下さいまし……これ以上はもう……」

と謝っていた。

「何故だ。嫌なら無理強いはせぬが、今後、公儀普請が減っても、儂は知らんぞ」

「そんな、苅部様……近頃、北町の同心が店まで訪ねてきてますし、蔵の中まで改めまして、何やら色々と嗅ぎ廻っております。気のせいかもしれませんが、ずっと岡っ引に見張られている気もしますし……」

「さようなこと、儂は知らん。もっとも、おまえがもう普請奉行との関わりをやめたいというのなら、それでいい」

苅部は杯を高膳に叩きつけるように置いて、立ち上がろうとした。安右衛門は慌てて押し留めながら、

「それでは困ります。すでに、何百人もの人足を集めておりますし、雨で仕事がない日の面倒もうちで見ております。一気に仕事を減らされては、店が成り立ちません」

「知ったことじゃない。普請請負なんぞ、他に幾らでもある」

「私とて、何とかしたい思いはあります。しかし、町方に睨まれたからには……」

「ならば、万次郎に戻ればいい。下手に大店の主人なんぞに収まるから、厄介事が増えるのだ。ご禁制のものが手に入らぬのなら、おまえと付き合っても仕方がない」

「そこをなんとか……女房もまだ若いし、なんとか今の暮らしを……」

「おまえが色恋に惑わされるとはな……はは。たしかに良い女だがな、うつつを抜かしておるから商いが上手くいかぬのだ」

「女房は商いには関わりありません」

「だったら、自分でなんとかしろ。儂は知らぬ」

突き放すような苅部の言い草に、安右衛門はにわかに感情を露わにして、

「船頭をふたりも殺して口封じをし、お上を挑発するかのように、〝死人舟〟を送り込んだりするから、面倒が起こったのです」

「儂のせいだと言いたいのか」

「でなければ誰が殺しなぞ致しましょう」

「ほう……脅しておるのか。ならば、儂も出る所に出て、おまえの昔のことを洗い浚い話してもよいが」

「そんなことをすれば、苅部様のなさってることも公になりますよッ」

俄（にわか）に安右衛門の目つきが鋭くなったとき、

「――おまえさま。お酒のお代わりと煮物をお持ちしました」

と廊下から声がかかった。早苗の声だ。

すると、苅部がサッと立ち上がり、いきなり障子を開いた。何を言い出すのかと、安右衛門は一瞬、不安が込み上げた。

控えている早苗も驚いて見上げると、

「なるほどな。人生を棒に振るほど、いい女だ。せいぜい大切にしてやるがよい」

と苅部は酒膳を蹴倒す勢いで立ち去った。番頭や手代らが慌てて声をかけているが、苅部は暴言を吐きながら店から出ていった。

それでも安右衛門は追いかけることもなく、座敷にへたり込んで手酌で酒を飲んだ。あまりにも気落ちした様子に、早苗は心配そうに声をかけると、

「大丈夫だ……苅部様はいつもああなのだ。気短でな……明日になれば機嫌は直る」

と答えた。

そう言いながらも、いつもと様子が違っている安右衛門を気遣ったが、

「――おまえ、今日も出かけていたな……しかも深川くんだりまで遠出して……男と逢い引きするのに精を出していたか」

「またそのようなことを……それは決して違います」

ハッキリと否定する早苗に、安右衛門はまた「冗談だ」と苦笑してから、

「父親なんだろ。なぜ、もっと早く話してくれなかった」

と優しい声で言った。

「えっ……どうして、そのことを……」

「巳之助に尾けさせてたんだよ。おまえは権吉を救おうとしたのに相手にされなくて、

業を煮やして逃げ出したんだってね」

安右衛門は、早苗を縁側に誘って、踏み石の上に並んでいる早苗の履き物を見せた。ふたつ揃っている。

「脱げたのを、巳之助が拾ってきたんだよ……辛い思いをしたんだね」

すべて話は聞いたと安右衛門は頷いて、

「そんな父親がいたのなら、ちゃんと話してくれれば、何か手助けができたかもしれないのに……いや、今からでも遅くない」

「いいえ。すっかり駄目な人間になっています。人足寄場どころか牢屋敷にも入っていたような人です。もう私の知らない人です」

「血を分けた親のことを、そんなふうに言ってはいけないよ」

「もう、いいんですッ」

早苗はほとほと愛想が尽きたと溜息をついたが、安右衛門は穏やかな声で、

「まあ聞きなさい。おまえはまだ若いから、そんなふうに思うのは仕方がないが、おとっつぁんの気持ちもなんだか分かる気がする。ええ、私もそれなりに苦労してきたからね。だから、是が非でもなんとか、まっとうな暮らしをさせてあげたいね」

「む、無理だと思います……」

「娘のおまえが諦めたら、誰が救うことができるのだい」

「…………」

「いい思い出だって、あったはずだろう？」

「そりゃ……おっ母さんが死んでからも、本当に良くしてくれた。優しいお父っつぁんの顔しか浮かばない……二言めには、『おまえは幸せになるんだぜ。綺麗な花嫁衣装を着るまで、俺が精一杯、頑張るからな』って話してた。それが、突然……」

「…………」

「会ったのは八年ぶり、でも、このお守りのことすら覚えてないって」

辛い顔になる早苗の肩をそっと抱き寄せて、安右衛門は言った。

「きっと素直になれない理由があるのだろう。私に何ができるか分からないが、居場所は分かっているので、また巳之助らに見張らせてます」

「えッ。どうして、そこまで……」

「おまえが私の女房だからですよ。それにね……私もなんだか覚悟ができましたよ」

「――何のです……」

訝しげに安右衛門を見やる早苗に、一抹の不安が過った。

「あんなお父っつぁんのために、無理なんかしないで下さいましよ」

「そうじゃない……私にも色々とケジメをつけなくてはならないことがある。その覚悟ができたということです」

「…………」

「でも、安心おし。おまえには決して苦労をかけない。お父っつぁんの願いどおり、幸せにしてあげるからね」

安右衛門が毅然とした表情に変わるのを、早苗は黙って見つめるだけだった。

翌日――。

深川材木置き場の一角、休息小屋で人足らが十数人ゴロンと寝転がっていた。昼飯を食べてから、少し眠っているようだった。

そこに、古味と熊公が入ってきた。苛立った声で、

「清次（せいじ）って奴はいるか」

と見廻すと、若い男たちは一斉に飛び起きた。

「渡り人足の清次だ。どいつだ、面を出せ」

古味が十手を突き出すと、奥で背を向けていたひとりがそっと這うようにして、裏口から逃げ出した。

「あいつか！」

熊公が誰何すると、寝そべったままの人足が、「そうだ」と大きく頷いた。

すぐさま、古味と熊公は外から廻って追いかけると、すでに海辺の方に駆けていっており、材木置き場の堤の方まで逃げている。

清次は海に浮かべてある木材の上を器用に飛び越えていくと、その先にある小舟に飛び乗った。器用に櫓を漕ぐと、さらに沖に向かって逃げようとする。

大柄ながら堤を走る熊公は、どんどん小舟に追いつくと、「せいやあ！」と宙を飛んだ。その勢いのまま艫に飛び乗ると、あまりの重さに小舟ごとひっくり返った。

海に落ちた清次は必死に泳いで逃げようとしたが、熊公に組み付かれて、ぶくぶくと沈んでしまった。

すぐに陸に引き上げられた清次は、水を飲んで気を失っていたが、熊公に活を入れられて目を覚ました。古味と熊公の顔を見て、またすぐに逃げようとしたが、無駄な足掻きだった。熊公に押し倒されて、

「なんで、逃げたんだッ」

「お、追いかけてくるからだよ……俺は何もしてないぜ」

「抜け荷の疑いがある。神妙にしやがれ」

熊公は強引に縄で縛り付けると、頑固に立ち上がろうとしない清次を、塵芥のように引きずって、通称〝鞘番所〟と呼ばれる深川大番屋に連れていった。

ここには、鞘のような細い寝床みたいな牢部屋が並んでいて、閉じ込められるだけで、やらかした罪を白状する咎人が多かった。それほど鬱陶しい所であり、また江戸の中心から離れているため、乱暴な責め問いを課す与力や同心が多く、容赦なかったからである。

「——か、勘弁して下せえよ……一体、あっしが何をしたってんです」

あくまでも白を切る清次だが、こういう輩を見ると、古味はたちまち燃えるのだ。

「その昔、〝伊勢鳥羽の万次郎〟という抜け荷一味がいたんだが、おまえがその仲間だってネタは上がってるんだよ」

「えっ。誰が、そんな……」

「誰だっていいだろうが。奉行所に投げ文があってな。そうなんだな」

「知りやせん……」

古味に命じられて、熊公が濡れた着物を剝ぎ取ると、背中には見事な昇龍の刺青があった。その肌をバシッと叩き、

「この刺青のことも投げ文どおりだ。おまえは抜け荷一味の仲間に違いない」

「………」

「おまえなら、沖合の船と繋がりがあって、船番所などを避けて、深川まで運んでくることはできるわなあ」

熊公が顔を突きつけて、

「誰に頼まれたのだ。正直に言えよ。普請請負問屋『田安屋』……そうだろ。そこの主人、安右衛門とは昔仲間。木場を隠し場所に選んだのは、『田安屋』も扱いやすいため。なあ、おまえにはお手の物だ」

「な、何かの間違いだ……俺は……」

清次は首を横に振ったが、今度は古味が笞(むち)を手にして床を叩いて、

「じゃ、なんで逃げた。もう一度だけ訊く。頼んだのは、『田安屋』安右衛門だな……安右衛門だな、おい！　どうなんだ！」

と怒鳴った。そして、さらに笞で刺青のある背中を打つと、

「ひええ……やめてくれ……そうだ……安右衛門さんに頼まれたッ」

と白状した。

だが、突然、清次は泣き出して、

「すまねえ……ごめんよ、安右衛門さん……勘弁してくれ……」

と頭を垂れた。そこまで安右衛門とは深い仲だったのかと、古味と熊公も意外そうに顔を見合わせた。

古味が問いかける前に、清次の方から話し始めた。

「たしかに俺は、〝万次郎一味〟にいたことがあるよ。その時の兄貴分が、安右衛門さんだったんだ。えらく世話になった。けど、頭領は顔も見たことがねえ」

「………」

「けど、その頃はもう安右衛門さんは、抜け荷の手伝いに嫌気がさしていて、普請場で働くようになってた。俺は根がだらしねえから、楽な抜け荷の扱いに残った……それから何年経ったか、まさか安右衛門さんが、普請請負問屋の主人になってるとは思ってもみなかった」

「………」

「普請場でたまたま会って驚いたんだが、安右衛門さんの方は懐かしそうにしてくれて、いい店で飯や酒をご馳走になった。でもよ……そのとき、相談されたんだ」

清次は洗い浚い正直に話すと付け加えて、

「抜け荷の手伝いをしてくれないかと」

「ほれみろ。やはり『田安屋』がやってやがったんじゃないかッ」

「待って下さい、旦那……これには、ちょいとばかし事情があって……」

「どんな事情があろうと、悪事は悪事なんだよ」

「そうかもしれねえが、安右衛門さんだって、誰かに脅されて仕方なく……」

「誰かに脅されて……?」

「ああ。けど、安右衛門さんは、それが誰かは決して口にしなかった……でも、俺も馬鹿じゃねえから、色々とツテを頼って調べてみたんだ。そしたら……」

　ゴクリと一息呑み込んで、清次は続けた。

「安右衛門さんに、昔のことをネタに強請りをかけて、抜け荷の手伝いを無理強いしてた奴がいたんでさ」

「誰だ、そいつは」

「普請奉行の苅部なんたらという御仁で、へえ」

「なんだと！　苅部敬之助様が……そんな馬鹿なことが。出鱈目を言うな」

「本当でさ。手伝わないと普請の仕事を一切、請けさせないとかでね」

「理由はどうであれ、やってたのだな」

「でも、聞いてくれよ、旦那……安右衛門さんは沖の船から、陸に運ぶのを手伝っていただけ。だから船頭として俺を雇ったんだ」

「認めるんだな」

「ああ。けど、抜け荷をしてるのは、荊部って奴だ。色々な廻船を使って、ちょびちょび運ばせてたんだろう。売り捌いて儲けるのもそいつ……だから、安右衛門さんは利用されてただけだ。きっと万が一、足がついても、『田安屋』のせいにするためによ」

そこまで話した清次は、ぐったりして背中を丸めた。あれだけ水を飲んだのに、喉はカラカラだった。

「いずれにせよ、抜け荷と承知の上で運んでたのなら、立派な罪だ……立派ってのも妙だがな、きつい裁きを覚悟しておけよ」

「勘弁して下せえよ……俺だって、〝死人舟〟のふたりみてえに、殺されたかもしれないんだからよ……」

「やはり、あのふたりも……！」

古味は険しい目を向けて、笞を床に打ち付けた。

七

いつもの湯屋の二階で、吉右衛門は将棋を指していた。

相手は権吉である。久しぶりにゆっくり湯に浸かったのか、髭も剃って髪も結い直し、見違えるほどサッパリしている。盤に向かい合っているのは、好々爺ふたりに見える。

野次馬が数人、団扇で扇ぎながら覗き込んでいるが、

——勝負は五分五分というところか。

と見定めながら、真剣な眼差しで行方を見守っている。

王をしっかり矢倉で固めている権吉と、四間飛車でグイグイと攻め込んでいる吉右衛門の違いはあるが、拮抗していることで傍目にも緊張の度合いが増していた。

「権吉さんや……この勝負で私が勝ったら、約束はキチンと守ってもらいますよ」

「うるせえな。余計な口を挟むんじゃねえ」

「その代わり、私が負けたら、高山家の身代をすべて差し上げますからね」

吉右衛門が言うと、野次馬たちの方が驚いて、

「身代って、ご隠居がそんなことできないでしょうに」

「和馬様が許さないでしょ」

「そうはいっても、毎年、すべて喜捨しているようなものだしなあ」

「この湯屋の薪代だって幾ばくか払ってるらしいぜ。だから残り湯に俺たちも、只で入れるって寸法で」

「権吉さん。この際、勝ってよ、パッと俺たちに美味い酒をたんまり奢ってくれよ」

などと好き勝手なことを言っているが、その中のひとりが、

「ところで、ご隠居さん……権吉さんが負けたら、どんなバツがあるんで？」

と訊いた。

吉右衛門は「うーん」と唸りながら次の手を指してから、

「普請請負問屋『田安屋』の当主になっていただきます」

と当たり前のように言った。

「はあ？　そんなの勝とうが負けようが、権吉さんの大得じゃないか。そんなの勝負って言えないぜ。なあ、みんな」

「いいえ、立派な勝負です」

盤面を見ながら、吉右衛門は言った。

「高山家の身代を受けるということは、旗本になるということです。旗本になれば、ただ御用米を貰うのではなく、領地を経営しなければなりません。なんやかやと実は大変な仕事があるのです」

「でもよ……」

「一方、大店の主人になったらなったで、利益を出さねば奉公人が路頭に迷いますから、商いをするのは大変な苦労があります」

「まるで苦労させるのが勝負の狙いみたいだな」

「そのとおりです、金作（きんさく）さん」

「俺は田子作（たごさく）だけど」

「これは失礼。では田子作さん……どっちの方が苦労すると思いますか」

「はは。俺なら、どっちも極楽だと思うけどなあ……」

「人の荷物は軽く見えるものです」

「説教はいいから、なんで、そんな勝負をしなきゃならねえか、話してくれよ」

野次馬らにそう責め立てられて、吉右衛門は大きく頷いて、

「実は、この権吉さんは後で調べて分かったのですが、上総（かずさ）にある高山家の領地である村の庄屋さんだったのです」

「えっ。とても、そうは見えないが……」

一同は驚いたが、吉右衛門が言うことだから、まったく出鱈目にも思えなかった。

「本当です。キチンと村の過去帳にも残っております。前々から気になってた人なので、それで調べておりました」

「気になってた……？」

「だって、物乞い同然の暮らしをしているのに、こんなに将棋が強いんですよ。しかも縁側将棋ではなくて、ちゃんと師匠について学んだ節があるのでね、気になってました」

「へえ、そんなことまで分かるご隠居の方が凄い……」

「でしょ？　そしたら、もう何十年も前ですが、将軍家の将棋指南役である大橋家の者が、庄屋である権吉さんの屋敷に逗留したことがあるのです。それがキッカケで、権吉さんも正統の将棋を学んだのです」

「そんな田舎でねえ……」

誰かが小馬鹿にしたように言ったが、吉右衛門は一同を見廻しながら、

「庄屋というのは大体、学識豊かな人が多いのですよ。中には蘭学や医学を学んでいる者もいて、まさに地元の名士なのです。そうでないと、何十何百もある集落を束ね

ることなどできませぬ。まさに徳をもって治めないと、百姓衆は信頼しないし、一揆だって起こしますからねえ」

と権吉を讃えるように話した。

「だったら、たしかに高山家に入った方がいい気がする。でも、どうして、普請請負問屋に入るのがバツなんだい」

「間もなくハッキリするでしょうが、闕所になるかもしれないからです」

「闕所って？」

「店が潰れて、身代も全部、お上に取り上げられます」

何事でもなさそうに吉右衛門が言うので、聞いている田子作も、「へえ、そうなんだ」と聞き流した。

他の者たちも、そんな話よりも、盤上の駒の行方が気になっていた。さっきから権吉は長考に入っており、眉間に皺を寄せたまま微動だにしない。目だけがチラチラと動いている。

「えっ……身代全部、取り上げられてしまうのかい？　だったら、そんなの貰ったら、それこそ酷いバツだなあ……」

田子作が少し遅れて反応すると、吉右衛門は頷きながら、

「ですなあ……でも、『看板』は残してよいから、娘の早苗さんと一緒に、主人が留守をする間を守ることができるかもしれない。北町の遠山奉行なら情けをかけて、そう配慮するかもしれないですねえ」

「ああ、そうかい……何の話か分からないけれど、一文もない店を貰っても苦労しか残ってないなあ……」

「ですねえ……でも、長年会ってない娘とふたりで頑張れば、なんとかなるのではないでしょうか。なんといっても、庄屋だった人ですからねえ、並の人じゃないから」

「へえ。ご隠居はなんでも、ご存じなんでやんすねえ。将棋の駒どころか、人の先々まで読んでるんでござんすね」

田子作が本当に感心しながら、盤上に目を移したとき、権吉が端っこの歩を突いた。だが、すぐに「あ、待った」と声を上げた。

「おやおや。真剣勝負に待ったはありませんよ」

吉右衛門はすぐに否定して、

「斬られた侍が、今のはなしとは言えないし、その逆もね。さてと……では私は……」

と次を指そうとすると、

「さっきからガチャガチャうるさいから、指先が滑っただけだ。なんだって、そう邪魔ばかりすんだ、おい！」

権吉が苛立って言い訳をすると、吉右衛門は微笑んだまま、

「そうやって人のせいにするから、人生も踏み外したんです。とはいえ、あなたは大親友だった人の借金を被ったがために、思いがけぬ苦労を背負った」

「…………」

「でも、娘さんは幸せになっており、会いたいどころか、なんとかしたいと言ってますよ……人の気持ちが理解できないあなただとは思いませんがね」

吉右衛門は盤面を睨んだままの権吉に向かって、

「主人の安右衛門さんは、すべて正直に遠山様に話し、女房の早苗……つまり権吉さん、あなたの娘の行く末を頼みました。これまでの悪手は忘れて、次の一手に託してみませんか。ねえ、権吉さんや」

「…………」

「そしたら、またここで将棋談義をしながら、指しましょうよ」

と言いながら、角道を閉じて王手の銀を打ち込んだ。

誰が見ても〝詰み〟は明らかだった。吉右衛門が打ち損じをするとは思えなかった。

それでも権吉はしばらく黙って、逃げ道はないかと探していたが、ついに項垂(うなだ)れて、

「――吉右衛門さん……あんたには敵(かな)わねえな……もし俺が勝ってたら、高山家はどうするつもりだったんでえ」

「負けるはずがありません」

「え……？」

「だって、あなたの心の中は、高山家よりも娘さんが嫁いだ『田安屋』の方が心配だった。人というのは何事も、心が傾いた方に体も動くものなんです……初めから、あなたの負けなんですよ」

「吉右衛門、てめえ！」

と腰を浮かせた権吉だが、目の前の吉右衛門の顔をまじまじと見て、なんだか可笑(おか)しくなってきた。そして、大笑いすると、

「あんたって人は……本当にあんたって人は……」

声にならない声を絞り出して、権吉は深々と頭を下げるのだった。

高山家では今日も、いつものように近所のおかみさんたちが掃除や炊き出し、子供の遊び相手など大忙しで賑わっていた。

和馬が見守る中、千晶も子供や老人たちの体の様子を診ていた。何でもない日常のひとこまである。

「さすが遠山様……上手に裁許して下さいましたね」

吉右衛門が言うと、和馬は少しばかり鼻白んだ顔で、不満げに言った。

「俺が話をつけたんだよ。『田安屋』がなけりゃ、普請が廻らない。小普請組にとっても、不都合だからってな」

「なるほど。だから、手鎖五十日くらいの軽い刑で済んだのですね」

「ああ、俺の手柄だ。安右衛門がしたことは、大したことではない。本当に悪いのは茢部敬之助の方だ。普請奉行にあらざる非道……御家断絶は避けられまい。目先の金のために、本当に馬鹿なことをしたよなあ」

「ほんに、ようございました。さすがは和馬様……」

「おまえ、からかってるのか」

「まさか。金の使い方は、和馬様が天下一です……これで権吉ともまた将棋を指せるのが嬉しいです。それに……」

ほんのりとした顔で空を見上げた吉右衛門が、

「何より色々な縁が重なって、父と娘がまた一緒になれて良かったです」

と言うと、大きな雲と小さな雲がひとつになって、ふわふわ流れていった。

子供らの頭を突き抜けるような声が、和馬と吉右衛門を包み込み、陽射しがまた広がった。

二見時代小説文庫

人身御供　ご隠居は福の神13

二〇二四年　五　月二十五日　初版発行

著者　井川香四郎

発行所　株式会社　二見書房
〒一〇一-八四〇五
東京都千代田区神田三崎町二-一八-一一
電話　〇三-三五一五-二三一一［営業］
　　　〇三-三五一五-二三一三［編集］
振替　〇〇一七〇-四-二六三九

印刷　株式会社　堀内印刷所
製本　株式会社　村上製本所

落丁・乱丁本はお取り替えいたします。定価は、カバーに表示してあります。

ISBN978-4-576-24005-3
https://www.futami.co.jp/historical

井川香四郎

ご隠居は福の神

シリーズ

①ご隠居は福の神
②幻の天女
③いたち小僧
④いのちの種
⑤狸穴(まみあな)の夢
⑥砂上の将軍
⑦狐(きつね)の嫁入り
⑧赤ん坊地蔵
⑨どくろ夫婦
⑩そこにある幸せ
⑪八卦良(はっけよ)い
⑫罠(わな)には罠
⑬人身御供(ひとみごくう)

「世のため人のために働け」の家訓を命に、小普請組の若旗本・高山和馬(たかやまかずま)は金でも何でも可哀想な人たちに分け与えるため、自身は貧しさにあえいでいた。ところが、ひょんなことから、見ず知らずの「ご隠居」を屋敷に連れ帰る。料理や大工仕事はいうに及ばず、体術剣術、医学、何にでも長(た)けたこの老人と暮らすうち、和馬はいつしか幸せの伝達師に！「ご隠居」は何者？ 心に花が咲く！

森 真沙子

大川橋物語 シリーズ

以下続刊

①「名倉堂」一色鞍之介

大川橋近くで開業したばかりの接骨院「駒形名倉堂」を仕切るのは二十五歳の一色鞍之介だが、苦しい内情で人手も足りない。鞍之介が命を救った指物大工の六蔵は、暴走してきた馬に蹴られ、右手の指先が動かないという。六蔵の将来を奪ったのは、「名倉堂」を目の敵にする「氷川堂」の診立て違いらしい。破滅寸前の六蔵を鞍之介は救えるか…。

森 真沙子

柳橋ものがたり

シリーズ

①船宿『篠屋(しのや)』の綾(あや)
②ちぎれ雲
③渡りきれぬ橋
④送り舟
⑤影燈籠(かげどうろう)
⑥しぐれ迷い橋
⑦春告げ鳥
⑧夜明けの舟唄
⑨満天(まんてん)の星
⑩幻燈おんな草紙

訳あって武家の娘・綾(あや)は、江戸一番の花街の船宿『篠屋(しのや)』の住み込み女中に。ある日、『篠屋』の勝手口から端正な侍が追われて飛び込んで来る。予約客の寺侍・梶原だ。女将のお簾は梶原を二階に急がせ、まだ目見え(試用)の綾に同衾(どうきん)を装う芝居をさせて梶原を助ける。その後、綾は床で丸くなって考えていた。この船宿は断ろうと。だが……。

森 真沙子

時雨橋あじさい亭 シリーズ

①千葉道場の鬼鉄(おにてつ)
②花と乱
③朝敵まかり通る

浅草の御蔵奉行をつとめた旗本小野朝右衛門は小野派一刀流の宗家でもあった。その四男鉄太郎(てつたろう)は少年期から剣に天賦の才をみせ、江戸では北辰一刀流の千葉道場に通い、激烈な剣術修行に明け暮れた。父の病死後、二十歳で格下の山岡(やまおか)家に婿入りし、小野姓を捨て幕府講武所の剣術世話役となる…。幕末を駆け抜けた鬼鉄こと山岡鉄太郎(鉄舟(てっしゅう))。剣豪の疾風怒涛の青春!

森 真沙子

日本橋物語

シリーズ

①日本橋物語 蜻蛉屋お瑛
②迷い蛍
③まどい花
④秘め事
⑤旅立ちの鐘
⑥子別れ
⑦やらずの雨
⑧お日柄もよく
⑨桜追い人
⑩冬螢

土一升金一升の日本橋で染色工芸の店を営む美人女将お瑛。海鼠壁にべんがら格子の飾り窓、洒落た作りの蜻蛉屋は、普通の呉服屋にはない草木染の古代色の染織物や骨董、美しい暖簾や端布も扱い、若い娘にも人気の店である。そんな店を切り盛りするお瑛が遭遇する謎と事件とは…。美しい江戸の四季を背景に、人の情と絆を細やかな筆致で描く傑作時代推理シリーズ！

西川 司

深川の重蔵捕物控ゑ シリーズ

以下続刊

①契りの十手
②縁の十手
③真実の欠片
④罪の跫

目の前で恋女房を破落戸に殺された重蔵は、悪党が一人もいなくなるまでお勤めに励むことを亡くなった女房に誓う。それから十年が経った命日の日、近くの川で男の骸がみつかる。体中に刺されたり切りつけられた痕があるのだが、なぜか顔だけはきれいだった。手札をもらう同心千坂京之介、義弟の下っ引き定吉と探索に乗り出す重蔵だったが…。人情十手の新ヒーロー誕生！

早見俊

剣客旗本と半玉同心捕物暦

シリーズ

以下続刊

①試練の初手柄

香取民部は蘭方医の道を断念し、亡き兄の跡を継いで十手御用を担ったばかり。武芸はさっぱりの「半玉」だが、相次ぐ殺しの探索を行うことに…。民部を支えるのは剣客旗本の船岡虎之介、叔父・大目付岩坂備前守の命を受け、兵藤成義一之宮藩主の闇を暴こうとしているが、それは民部の追う殺しとも関係しているらしい。そして兄・兵部の死の真相も明らかになっていく…。